ベリーズ文庫

クールな弁護士の一途な熱情

夏雪なつめ

STARTS
スターツ出版株式会社

目次

クールな弁護士の一途な熱情

運命

まぶしい太陽。

蝉《せみ》の声。

窓から入り込む心地よい風。

目で耳で、肌で夏を感じるたびに思い出すんだ。

〝彼〟と過ごした短い夏の日のこと。

もう遠い彼方の、恋のことを。


五月上旬の東京《とうきょう》、西新宿《にししんじゅく》にあるオフィス街。

桜もすっかり散り緑が色づくその街では、空に届きそうなほど背の高いビルが立ち並び、たくさんの人が足早に行き交っている。

その中のひとつ、とある高層ビルのフロアで、今日も私はオフィス内を忙しなく駆け回る。

「入江《いりえ》チーフ、データ送ったので確認お願いします」

「外線二番、入江チーフにお電話きてます」

「あれ！　入江チーフいますか⁉　急ぎで確認したいことがあるんですけど」

「はいはい、ちょっと待ってくださいね！」

ミーティングルームを出た途端あちらこちらから名前を呼ばれ、電話に出て手短に会話を終え、社員の確認事項を聞いて、デスクに戻りパソコンのデータを確認する。

いつものことだけれど、今日も朝からずっとこんな調子で忙しい。

だけど、この慌ただしさが嫌いじゃない自分がいる。

入江果穂《かほ》、三十歳。

都内の専門学校を卒業後、大手と呼ばれるこの化粧品メーカーに就職してもう十年になる。

その中の【イズ・マイン】というデパートコスメブランドの商品部企画課で働く私の仕事は、主に新商品や売り場の企画を立てること。

シーズンやトレンドに合わせて、どのようなコンセプトで商品を打ち出すか。そのためにどのような新作を生み出すか。それらを考え決め、開発課とともに商品をつくり出す。

もともと美容系の仕事に就きたくて、その中で出会った化粧品メーカーでの仕事だ。

難しいことやつらいことも山ほどあるけれど、それでもなんとか必死にやるうちに気づけば後輩も増え、十年経った今ではチーフとなっていた。

責任や仕事量も増え、仕事で手いっぱいな毎日。だけど、自分が企画した商品が売れると達成感も得られるし、お客様からの反応がいいとうれしい。やりがいがある仕事は、楽しい。

「あ、入江チーフ。秋物の新作の色見本、上がってきましたよ」

「本当？　見たい見たい」

ガラス張りのミーティングルームから顔を覗かせた後輩の女性社員に声をかけられ、私もその部屋へと入る。

部屋の中央にある横長のテーブルの上には、二十色以上の口紅がずらりと並べられていた。

「さすが、これだけ色展開があると圧巻だね」

「この秋のカラー展開、入江チーフが企画したんですよね。さすが」

彼女の言葉に「いやいや、そんな」と照れながら、口紅を一本手に取り、手の甲に塗る。

白い肌に発色のいい深みのあるワインレッドが映えてとても綺麗だ。

「うん、開発課に要望した通りの発色だ」

四ヶ月後の九月に発売を控えた今秋の目玉企画は、〝新作秋色二十色展開〟。パープル系からコーラル系まで、幅広いカラー展開が売りとなる。それとともに定番の赤色もほのかにラメを足してキラキラ感を出したり、マット感のあるものにしたりと色のテイストを一新した。

夏や冬と比べ販売期間の短い秋物でこれだけの色を出すのは勇気がいったけれど、数あるコスメブランドの中でもなにか目立つ企画がやりたかったのだ。

「私も一本買いたいなー、どれにしよう」

「入江チーフのことだからいつもみたいにまた赤色を選ぶんじゃないんですか」

そう言いながら、彼女は今日も赤色の口紅が塗られた私の唇を見て笑う。

顔を彩るベージュ系のアイシャドウと、肌をマットに仕上げるオークルカラーのファンデーション。

その中でひと際目立つ赤い口紅は、女性らしく、そして自分の顔立ちをよりはっきりと見せてくれる。

このメイクに茶髪の巻き髪に、黒のパンツと高めのヒールで、気が強い女といった見た目になってしまうのが少し気になるけれど。

「お、新作の色見本、上がってきたんだな」

背後から低い声が響く。

振り向くと部屋の入り口からこちらを見るのは、白いワイシャツと黒のスラックスに身を包んだ男性。

企画課の課長である私の上司、上原《うえはら》さんだ。

私より少しだけ背が高い彼は、無造作な黒髪と右目の泣きぼくろが色っぽい。

爽やかで人あたりもよく、部下からの信頼も厚い。もちろん仕事もできる。

おまけに三十三歳独身ということもあり、女性社員たちからの人気も高い。

「見てください、発色もいい感じで」

「本当だ。けどまぁ、入江が企画持ってきた時にはまたすごいことを言いだしたと思ってたけど、実際この色数を見ると圧巻だな」

上原さんはそう笑うと、子供を褒めるように私の頭をぽんぽんとなでる。

「入江にはこのダークレッドとか似合いそう」

「本当ですか？」

「あぁ、入江は赤系の口紅が似合うからな」

並んだサンプルの中から、深い赤色を一本手に取ると、私に手渡した。

「上原課長、ちょっといいですか？」

「あぁ、今行く」

部屋の外から社員に呼ばれた上原さんは、返事をすると私に顔を近づける。

「……仕事が終わったら、小会議室で」

そう小さな声で耳打ちすると、ふっと笑ってその場をあとにした。

彼が去って、私の手のひらにはダークレッドの口紅が残る。

……この色に、しようかな。

昔は、赤い口紅なんて自分には似合わないと思っていた。だけどもうここ一年近く、私は毎日赤い口紅だ。

だって、いつも彼が褒めてくれるから。

私はこの色ばかりを手に取ってしまう。


それから数時間後の十九時。定時を過ぎ、オフィスからはひとり、またひとりと社員たちが帰っていく。

昼間とは打って変わってすっかり静かになったフロア。その端にある小会議室には、私と上原さんの姿があった。

けれど、そこで行われるのは仕事の話などではなく、深いキスと抱擁だった。

いつもみんなに優しい言葉をかけるその唇は、今は一心に、私の唇に吸いつく。

「ん……」

そっと離れた互いの唇からは、熱い吐息が漏れた。

そう、上原さんは私の上司であり、恋人だ。

ずっと憧れていた彼から、気持ちを告げられたのはちょうど二年前の春のこと。

飲み会帰りに送ってもらう道中で、彼から『好きだ』と言われた時は純粋にうれしかったし、ふたつ返事でうなずいた。

うちの会社は社内恋愛禁止ということはないけれど、同じ部署で毎日顔を合わせ働く中、恋人同士と公言することで周りに気遣われて仕事に支障が出ることは避けたい。

そんな上原さんの希望もあって、私たちの関係は秘密にしている。

付き合ってそれなりの時間が経つし、私も今年で三十歳になってしまったし、正直なところそろそろ結婚も意識している。

けれど、急《せ》かして引かれたりするのも嫌だし……。と、こちらからは切り出せずにいる。

すると上原さんは、私からそっと体を離すと、なにか言いたげにこちらを見つめる。

「……果穂。あのさ、大事な話があるんだけど」

「え？　なんですか？」

大事な話？

いきなりなんの話を？と不思議に思いたずねるけれど、彼は少し考え、言いづらそうに言葉をのみ込む。

「いや、やっぱりいいや。ちょっと心の準備がしたいから……また明日の夜、時間つくってもらってもいいか？」

「はい、大丈夫ですけど……」

「ありがと。じゃあ俺、これから部長の飲みに付き合わなきゃいけないから、行くな」

上原さんはそう苦笑いをすると、私の目にかかった前髪を軽くよける。そして額にそっとキスをすると、先に部屋を出た。

心の準備が必要な話って、なんだろ。

付き合ってそれなりに時間が経つ、三十代の恋人同士の間で、簡単にはできない話。そう考えると、ひとつの可能性がふと頭に浮かぶ。

もしかして……プロポーズ？

あの上原さんが、あんなに言いづらそうにしていたということは、それくらいしか思いつかない。

さすがの彼も、緊張してくれているのかな。

結婚という未来を考えていたのは私だけじゃなかったんだ。そう思うとうれしくなって、ついにやけてしまいそうになる。

好きな仕事をして、そこそこ安定して暮らせて、恋人からもプロポーズされそう、だなんて順調すぎる。幸せすぎて怖いくらいだ。

だけど、私にだってそのくらい幸せな時期があってもいいよね。

なにげなくポケットから取り出したスマートフォンの画面には、五月七日の日付が光る。

五月が過ぎて、梅雨が明けて……そしてまた、夏が来る。毎年この季節がくるたびに思い出すのは、十二年前のあの夏の恋のこと。

……不安に逃げ出し向き合えなかった、あの頃とは違う。

過去の思い出は、胸の片隅に置いて。


その翌日のことだった。

いつも通り出社すると、オフィスの中はなにやらガヤガヤとにぎわっていた。

ブランドごとにいくつものデスクが向き合い島をつくる中、女性社員たちがところどころに集まり興奮気味になにかを話している。

よく見ると、普段滅多に顔を合わせることのない隣の部屋の別ブランドの人たちまで集まってきている。

なにかあったのかな……。

その光景を横目に、部屋の奥にある自分のデスクに向かおうとした。

「ああもう、ショックー！　まさかあの上原課長が結婚するなんて！」

ところが、その瞬間聞こえてきた会話に思わず「え!?」と声が出る。

その私の声に、声の主である女の子は驚いた顔をする。私に話しかけていたわけではないのだから当然だろう。

「あ、ごめんなさい。驚いて、つい」

「あはは、そうですよね。入江チーフもびっくりですよね！」

そりゃあ、びっくりもなにも……。まさか私自身がプロポーズされる前に、結婚話が広まっているなんて。

もしかして昨日部長と飲みにいくって言ってたし、そこで部長に話して、そこからみんなに広まったという感じかな。

さすが人気者の上原さん、結婚話となれば女性たちの間でこれだけの騒ぎになってしまうわけだ。

けれど、これでもう付き合っていることを隠さなくていいわけだし、私としてはちょっと気がラクだ。

うれしくて恥ずかしい。どんな顔をしていいかがわからない。にやけてしまいそう。だらしなく緩みそうになる口もとに力を入れて、企画課のデスクに着く。するとそこでは上原さんが、女性社員たちに囲まれていた。

「上原課長、結婚するって本当なんですか⁉」

「いや、それはその……」

彼としても、ここまで騒ぎになるのは予想外だったのかもしれない。困った様子で答えながら、観念したように息をひとつ吐く。

「……まだ言うつもりなかったんだけど、こうなったら観念して報告するか」

その言葉に女性社員たちは悲鳴のような声をあげ、男性社員たちは「おおー！」と盛り上がる。

「改めて、このたび結婚することになりました。相手は、うちの会社の……」

みんなの視線がこちらに向くのを想像して、ドキドキする。

ところが、上原さんの視線が向けられたのは私がいる位置とは真逆の開発課のデスク。そこにいたのは、入社二年目の女性社員だ。

「えっ、宮田《みやた》さん⁉」

「まだ二十一歳じゃないですか！　上原さん、若い子つかまえたなぁー！」

宮田さんというその子は、みんなからいっせいに向けられた視線に恥ずかしそうに頬を染める。

「でもいきなり結婚だなんてどうして……あ、もしかして」

察したように言う男性社員に、上原さんは照れくさそうに苦笑いをした。

「……お察しの通り。子供が、できまして」

突然の結婚発表に続いて飛び出した、妊娠発表に、再びオフィスには悲鳴や盛り上がる声が響く。

「やっと仕事を覚えたところで本当にすみません。ですが、産休いただいたあとは必ず復帰しますので……」

喜び浮かれるでもなく、一番に申し訳ない顔を見せる宮田さんは、その様子の通り入社当時から評判のよい子だ。私自身も一緒に仕事をする中で、彼女の性格のよさと真面目さはよく知っている。

先ほどまで騒いでいた女性社員たちも彼女が相手となると責める気になれないのだろう。

「いいのいいの、そんなの気にしないで。おめでたいことなんだから」

「そうそう、今は体を一番に考えて！」

続々とフォローするような声がかけられた。

若くてかわいくて、性格もよくて……そりゃあ、上原さんも落ちるわけだ。……って、ちょっと待って。待って待って待って。

結婚？　妊娠？　なにこれ、ドッキリ？　上原さんの彼女って私だったよね？　つい昨日だって、キスしたばかりだよね？

なのに今私の目の前では、上原さんとあの子が拍手に包まれ幸せな笑顔を浮かべている。

なにこれ、どういうこと。だって、大事な話があるって、言って……。

あぁ、頭の中が真っ白になっていく。なにも考えられない。悲しいとか、感情すらもついてこない。

誰か、悪い夢だと言って。

その場に立っているだけで精いっぱいで、涙一滴すらも出なかった。

再会

「……で、そのまま男にフラれて逃げ帰ってきたってわけ？」

「……うん……」

そんな出来事があってから二ヶ月後。

七月の太陽が地面を照らす暑い日、私は地元である横浜《よこはま》のとあるカフェにいた。

窓際の席で力なくぐったりとテーブルに伏せる私にあきれた目を向けるのは、高校時代からの友人・映美《えみ》。

横浜市内で就職し結婚した映美とは、今でも時々一緒にランチをする仲だ。

いつもは仕事の話や家族の話、同級生の話などで盛り上がるランチ。けれど今日は、失恋の傷の癒えない私を慰める会と化していた。

「ってことは、その彼が言ってた『大事な話』っていうのは別れ話のことだったんだ？」

「そう……結婚発表があった日の夜に改めて言われたよ。浮気してた、別れてほしいって」

そう言うと、私は深いため息をついた。すっかりプロポーズだと思い込んで浮かれていたけれど、実際彼がしようとしていたのは別れ話だったようで。

『本当は果穂とちゃんと別れてから結婚のことも公表しようと思ってたんだけどさ。部長に話したら、予想以上に広まっちゃって。驚かせてごめん』

……いやいや。謝るのはそこじゃないでしょ。謝るべきはそもそも浮気をしていたことでしょ。

彼の言葉に心の中で思わず突っ込んだ私は、予想以上に冷静だったと思う。

あの夜の会話を思い出しながら、また深いため息が出る。

「だからって、仕事命だった果穂が仕事辞めてニートになるなんてねぇ」

「辞めてないから、休職中！」

そう。あまりに突然の裏切りがショックで、あれ以来食事も喉を通らず夜も眠れなくなってしまい……。

仕事にも集中できなくなった私は、そんな状態を見兼ねた上司——つまり上原さんから休職を勧められ、とりあえず少し休もうと地元へと帰ってきた。

そりゃあそうだ。だって同じオフィスの中、結婚を考えた元カレとなにも知らない結婚相手が仲睦まじく働いているのを、毎日のように見せつけられていたのだから。

これまである程度のことは乗り越えてきた私も、さすがに心のバランスが取れなくなった。

せめて宮田さんが産休に入ればなんとかなると思っていたけれど、それまでこちらの身が持たなかった。

頭を抱えた私に、映美は手もとのお皿に綺麗に飾られたケーキをひと口食べる。

「けどさ、おいしいとこ取りのその元カレ、ムカつくよねぇ。いっそのことその結婚相手にバラして修羅場にしてやればよかったのに」

「それも考えたけどさ……そんな気力もなくて」

彼を責めるにも、喧嘩したりすがったりするにも、それなりの気力がいる。

なにより、幸せそうなふたりを見たら、それを壊そうとする自分が余計惨めにも思えてしまった。

グラスの中のミルクティーを飲みながらあきらめたように苦笑いを見せる私に、映美は不満げな表情を見せる。

「まぁ、果穂がそれでいいならいいけどさ……」

「うん。心配してくれてありがとね」

なんだかんだ言いながら、映美も心配してくれているのだろう。そういう映美のいいところが、いまだに仲が続く理由のひとつだ。

するとふと映美は思い出したように言う。

「でもいきなり実家に戻ったりして、家の人心配しなかった？」

「あはは……心配どころか、お母さんは『いい年して働かないで結婚相手もいないなんて！』って毎日怒ってる」

都内にマンションを借りたまま、今は最低限の荷物だけを持って実家に身を寄せている。

というのも、上原さんとたびたび一緒に過ごしていたあの部屋に居続けるのも嫌だったから。

そんな私に、両親ともになにかがあったと察しているのか深く事情は聞かないけれど、お母さんは毎日グチグチと不満が止まらない。

『いとこの香織《かおり》ちゃんは結婚して、近所の高木《たかぎ》さんのところは三人目が生まれたっていうのに……なんでうちの娘は！』

今朝もそんなことを言われたのを思い出して、気が滅入る。

げんなりとすると、グラスの中の氷が溶けてカランと音を立てた。

「いっそ、結婚することを前提に考えて新しい恋でもするしかないんじゃない？

せっかくだしみんなに声かけて同窓会とかやろっか?」

「えー……いいよ」

映美には申し訳ないけれど、新たに恋をする気力すらない。

「そんなこと言わないでさ。あ、伊勢崎《いせざき》とか久しぶりに会いたくない?」

けれど、不意に映美がこぼした『伊勢崎』の名前に耳がピクリと反応する。

その名前とともに思い浮かぶ笑顔に、きゅっと下唇を噛んだ。

「……いい。こんな時こそ顔見たくない」

「えー? 初恋の人なのにー?」

「だからこそ! 老けてたりハゲてたりしたらショックだし! これ以上傷つきたくない!」

頭を抱えて嘆いた私に、映美はおかしそうにけらけらと笑った。

ランチを終え、カフェを出る頃には時刻は十五時を過ぎていた。

「ごめんね、今日これから旦那の実家寄らなきゃいけなくて。じゃあね、果穂。また連絡する」

「うん。じゃあね」

店先でそう笑って手を振ると、映美も応えるように左手を振った。その薬指に輝く指輪が、うらやましくて胸が痛い。

……まだ時間も早いし、ちょっと散歩でもして帰ろうかな。

そう思い、ヒールを履いた足をみなとみらいのほうへと向けた。

「『伊勢崎』……か」

久しぶりに聞いた名前。高校を出てからもう十二年も経つというのに、いまだに胸に残っている。

伊勢崎静《しずか》は、私と映美の高校の同級生で同じバスケ部に所属していた。

長身細身の見た目が目を引くだけでなく、いつも明るいムードメーカーで、自然と人が集まってくるような人気者だった。

茶色く染められたふわふわとした癖っ毛と、左耳に開けられたピアス、ブレザーの下にパーカーを合わせた姿が彼を軽くも見せたけれど、その人懐っこさのせいか彼を悪く言う人を見たことがなかった。

みんなに優しく明るい彼は、私に対しても同様にたびたび声をかけてくれた。

『入江、さっき部活中転んでたけど大丈夫?』

『うん。ちょっとすりむいただけ』

『血、出てるじゃん。気をつけなよ、一応女の子なんだから』

『一応って』

いつもどこか憎めなくて、むしろ明るい笑顔に許せてしまう。太陽のようなまぶしさを持つ、そんな静のことが好きだった。

その気持ちは彼も同じだったようで、

『……俺、入江のこと好きだよ』

ほんの少しの間、ひと夏だけ。静は私の恋人だった。

人気者の彼と付き合い始めたけれど、当時はお互い子供で素直になりきれなかった。なぜか意地を張ってしまって、人前では憎まれ口をたたき合う、そんな仲だった。

懐かしい日々を思い出しながら、みなとみらいにある美術館前、緑に囲まれた噴水広場を歩く。

なにげなく目を向けたガラス張りのドアに映ったのは、サマーニットにデニムのワイドパンツを合わせた自分。

背伸びをするようなヒールも、真っ赤な口紅も、いまだに上原さんの影をちらつかせる。

……新しい色の口紅、買おうかな。

そう思うのに、まだ踏んぎりのつかない自分が滑稽に思えた。

「……はぁ」

落ち込んでいても仕方ないこともわかってるんだけど。

仕事も復帰するか辞めるかはっきりしないと、みんなにも迷惑がかかってしまう。でも辞めるとなれば新しく仕事も見つけなくちゃいけないし、マンションもできることなら引っ越したい。

貯金はそれなりにあるけれど、恋人もいないうえに恋愛にはこりてしまった今、少しでも貯蓄を増やしておきたいとも思う。

あれこれと考えていると、自分が歩く先にふたりの男女の姿が見えた。

「どうしてわかってくれないの!?　私はこんなに愛しているのに！」

「だから、わかるもなにも……」

なにやら言い争っているようだ。

感情的になり怒鳴る女性の声は静かな広場に激しく響き、周囲の人も目を向ける。

こちらに背中を向けた背の高いスーツ姿の男性は、そんな女性をなだめるように言葉をかけている。

まさに修羅場……別れ話でもめてるところ、って感じかな。巻き込まれたくないし、さっさと通り過ぎよう。

避けるように、男性の横を通り過ぎようとした……その時だった。

「本当最低……人のこと不幸にしてなにが楽しいのよ！」

さらに感情が高ぶった女性は、叫びながら手にしていたショルダーバッグを振り回す。それを避けようとしてよろけた彼はちょうど横にいた私にぶつかり、それに押されるようにして私は真横にあった浅い噴水に背中からバシャーン！と落ちてしまった。

服の中に水が入り込むのを感じながら天を仰ぐ体勢になり、夏雲が浮かんだ青い空が綺麗に広がっているのが見えた。

……なんで、こうなる。

彼氏に浮気されて、会社からも追い出されて、揚げ句逃げてきた先で見知らぬカップルの喧嘩に巻き込まれて噴水に落とされて……。

神様がいるのなら聞きたい。私がなにか悪いことをしたのかと。精いっぱい、地道に生きてきたつもりなんだけど。

呆然とそんなことを考え、怒ることも驚くこともできずに横たわったまま空を見上げていると、突然なにかが視界を覆った。

「だ、大丈夫ですか⁉」

男性が焦った様子で私の顔を覗き込む。

黒い髪を左で分けた彼は、はっきりとした二重まぶたの大きな目、高い鼻、形の整った眉と綺麗な顔立ちをしている。

……あれ、この人どこかで。

考えながら、差し出された手をそっと取ると、彼は自分が濡れることもいとわず、ずぶ濡れの私の体をそっと起こしてくれた。

噴水から上がると、すでにそこに先ほどの女性はおらず、きっと逃げ出したのだろうと察した。

水を吸ったデニムが重く、ゆっくりと地面に立つと、滴る水がアスファルトに染みをつくる。

「すみません、どこか怪我とかしてませんか?」

「あ、いえ……大丈夫」

そう言いながら顔を上げ改めて彼を見ると、その顔は安堵したように小さく笑う。

細められたその目にふと浮かんだのは――。

『入江』

そう笑った、高校時代の彼の面影。

「……しず、か……?」

思わず口にした彼の名前に、彼は一度不思議そうな顔をしてから、目を丸くして驚いた。

「あれ、もしかして……入江？」

その声、その姿……やっぱり本物の静だ。

お互い驚きを隠せずにいると、いつの間にか周りには騒ぎを聞きつけた人が集まってしまっていた。

「とりあえず、こっち来て」

静はそう言うと、私の腕を引いて歩きだす。そして近くの駐車場に止めてあった黒い乗用車のもとへ向かうと、助手席のドアを開けた。

「乗って。そのままじゃ帰れないでしょ」

「でも、車のシート濡れちゃう」

「気にしなくていいから」

見るからに高級そうな車だ。そこにこの姿で乗るには勇気がいる。けれどたしかに、こんなずぶ濡れでは電車もタクシーも乗れないだろうし、洋服を買って着替えるにもお店に行くのも恥ずかしい。

そう思うと観念して、せめてもの気遣いで服の水を精いっぱいしぼってから乗り込んだ。

静は運転席に乗ると、シートベルトを締めながらスマートフォン片手にどこかへ電話をかけている。そんな彼をチラッと見て、あの頃とあまり変わらない顔立ちにやはり本物だと実感した。

な、なんでこんなところに静が？

そりゃあ、お互い地元だし、いてもおかしくはないけれど。まさかのタイミングでの再会に、濡れた服の冷たさを気にする余裕もないほど動揺してしまう。

茶髪が黒髪に変わった以外、見た目はあんまり変わらないけど、やっぱり多少は大人っぽくなったなぁ。

紺色のスリーピースもよく似合っているし、左耳のピアスホールも綺麗に塞がれている。

思えば、こうして顔を合わせるのも高校卒業以来だから十二年ぶり。

彼があまり変わらない一方で、私は老けたとか思われてないかな……。

なんて、そんなこと気にしてどうするんだか。

いろいろ考えているうちに、静は電話を終えたらしく、車を出す。

駐車場を出て、みなとみらいの街を抜けて……十分ちょっと走り、オフィス街である関内《かんない》のほうへとやって来た。

そして地下駐車場に車を止めて降りると、静は私を連れてそこからほど近い大きなビルへと向かった。

まだ真新しいガラス張りの十階建ての建物に入り、エントランスを抜ける。

エレベーターで向かった五階、そこの壁には【伊勢崎法律相談所】の文字が掲げられていた。

「ここ、『伊勢崎』って……」

「うん。俺の弁護士事務所」

俺の、ってことは……つまり。

「べ、弁護士⁉　静が⁉　しかも自分の事務所持ち⁉」

「あはは、失礼な反応だなぁ」

私が大きな声をあげて驚くと、そんな反応に慣れているようで、静は笑顔を返す。

そしてスーツのジャケットに隠れていたＩＤカードをセンサーにかざすと、ピッとロックを解除して中に入る。

首から下げられたそのＩＤカードには彼の顔写真と【弁護士　伊勢崎静】の文字。

それを見て、本当なんだと実感する。

まさか、あの静が弁護士になっているなんて。でもそういえば高校時代も、飄々《ひょうひょう》としながらも常に成績は学年トップだった。

同じ年でこんな立派な事務所を持って……すごいなぁ。

驚きながらも、彼に促され中に入る。

白とベージュを基調とした、明るさのある事務所内。ゆったりとした通路を進み、いくつかに分かれた個室や会議室を過ぎ、一番奥にある部屋に通された。

本棚に囲まれた室内の窓際にはデスクがひとつ置かれ、ローテーブルを挟む形で向き合うソファがあることから、ここが所長室のようなものだと察する。

濡れたまま入って大丈夫なのだろうかと気後れする私に、静はとくに気にせずタオルを手に取り差し出した。

「とりあえずこれ使って」

「ありがとう」

「服、今うちの社員が適当に用意して持ってきてくれるっていうから。それまで申し訳ないけど、ちょっと我慢してて」

白いタオルを受け取ると、濡れた髪や腕をそっと拭う。そんな私の前で、彼はスーツのジャケットを脱ぎソファの背もたれに雑にかけた。

「でも、なんであんなところで彼女と喧嘩なんて？」

「違う違う、彼女じゃない」

私の問いに静はすぐさま否定する。

「仕事のことを社外の人に話すのは禁止なんだけど……まぁ、入江は巻き込まれた被害者だし、特別に話すけど」

そしてそう前置きしてから、髪をかき上げ口を開いた。

「彼女、俺の依頼人と離婚協議中の相手なんだよ。なのに『旦那に離婚を撤回するよう説得してほしい』ってずっと言われててさ」

「へ、へぇ……」

「けどそもそもは彼女の不倫が原因だし、俺は依頼人側の人間だからって伝えてはいるんだけどね。今日もあの近くのカフェで話をしたんだけど納得してくれなくて、あそこまでついてきて怒りだして」

それで、あの怒りっぷりだったわけだ。

あの女性の『人のこと不幸にしてなにが楽しいのよ！』というセリフを思い出し、そういうわけかと納得できた。

いろんな人がいるんだなぁ。その矛先を向けられる弁護士は大変だ。

同情すら感じていると、静は「けど」とこちらを見る。

「巻き込んで本当にごめん。俺がもっと気をつけていれば、入江もこんな目に遭わなかったのに」

申し訳なさそうに深々と頭を下げる、その姿が相変わらず真摯な彼の性格を表すようだ。もともと怒る気もなかったけれど、そこまできちんと謝られるとこちらが申し訳なくなってしまう。

「いいよべつに。静が悪いわけじゃないし、ぼんやり歩いてた私も悪いし」

お互い様というように笑ってみせると、静は少し安堵したように小さく笑った。

「そういう言い方、変わってないね。入江らしい」

「そうかな?」

「うん。高校の頃もよく、そうやって相手をフォローしながら笑ってたじゃん」

高校の頃も、なんて……もう十二年も前のそんな些細なことを覚えてくれていたのかな。

どうしてか、それが少しうれしい。

その感情が顔に出てしまわないようにぐっとこらえていると、静はふと思い出したように言う。

「けど、入江こそなんであそこにいたの？　都内でＯＬやってるって聞いたけど」

その問いかけに、心臓がギクリとする。

不思議に思うのも当然だ。今日は平日、月曜日。しかもこんな真っ昼間にＯＬがあきらかに仕事中ではない格好で出歩いているのだから。

けれど、それでも私はなんてことないフリでごまかす。

「た、たまたま、有給取れたから地元でも散歩しようかなって」

「へぇ。そういえばほかの人から、つい先週も入江が駅前歩いてるの見たって聞いたけど？　ずいぶん長い有給なんだねぇ」

「うっ……」

静は、私が今働いていないことなどわかっていたのだろう。

意地悪い言い方でさらに問う彼に、私はそれ以上の言い訳も出てこない。

そうなの、長い有給なの！と言い張る？　それとも少し早い夏休みとでも言う？

いや、なにを言っても彼の冷静な瞳にはすべて見透かされてしまいそうだ。

……それに、映美にでも探りを入れられたらどうせバレてしまうだろうし。

そういろいろと考えた末、私は観念したように小さなため息をひとつつく。

「……いろいろあって休職中なの。だから、今は実家に住んでる」

「へぇ、ってことは今はニートなんだ」

「休・職・中！」

無職じゃなくて休職中！　似てるようで違う！

映美も静も、みんなして失礼なんだから！

小さなプライドから強く否定するけれど、静は眉ひとつ動かさない。

「でも仕事してなくて暇してるってことには、変わりないでしょ？」

「……まぁ、そうと言えばそうだけど」

たしかにそう言われてしまえばその通りだ。

すると静はなにかに納得したようにうなずくと、突然私の肩をガシッと掴む。

「じゃあ、俺のところに来ない？」

「え？」

俺のところって……？　どこ？

意味がわからず首をかしげる私に、静はこちらをまっすぐ見つめたまま。

「今うちで事務のバイトを募集してるところでさ！　業務がたまってるから今すぐ人手が欲しいんだ」

うちの事務所ということは、ここ、つまり弁護士事務所の事務員というわけで……。

いやいや、そんなの無理でしょ。私はぶんぶんと首を横に振る。

「む、無理無理！　弁護士事務所の事務なんてやったことないし！」

「大丈夫、きちんと教えるし特別難しいこともないから！　テストで赤点ばかりだった入江でもできる仕事だから！」

「悪かったですね、いつも成績悪くて！」

よくそんなところまで覚えてる。今すぐ忘れてほしい……！

「業務は多いけど慣れれば簡単だし。それに残業なしの週休二日、時給も言い値で出す！　どう？　悪くないでしょ？」

静はそう言って、うなずくまで離さないとでもいうように肩を掴んだまま。

たしかに好条件……。だけど、すんなりと首を縦には振れない。

「……でも、私もいつ復職するかもわからないし」

仕事を辞めるか続けるかも決まっていないし、いつまで迷っているつもりなのかすらもわからない。

そんな曖昧なことだらけの中で、軽々しく『やります』とは言えない。

けれど静はそれでもうなずいてくれる。

「本業に戻るまでの短期でもいいよ。それに、バイトのひとつでもしていたほうが親御さんも安心するんじゃない？」

ダメ押しとでもいうかのように、その言葉はさらに痛いところを突く。

弁護士事務所の事務だなんて、これまでの職種とはまったく違う仕事。

しかも同級生で、元カレのもとでバイトするなんて。やりづらいにもほどがある。

けれどたしかにバイトくらいすれば、毎日『結婚か働くか』とうるさいお母さんも多少落ち着いてくれるかもしれない。

それに私自身も、少しは気晴らしになるかもしれない。

……さらに言ってしまえば。

まっすぐこちらを見る、彼のつぶらな黒い瞳に弱いのもある。

でも、どうしよう。心の中で激しく迷う。

するとそこに、突然コンコンとドアをノックする音が響いた。そしてすかさずガチャッと茶色いドアが開かれた。

「伊勢崎先生、お洋服持ってきました……って、あら」

そこから姿を現したのは、黒いロングヘアの女性。

メガネをかけたその女性は体にぴったりとフィットした白いスーツ姿で、手にはアパレルブランドの紙袋を持っている。

彼女は状況を探るように、私と静をまじまじと見た。

「ごめんなさい、お取り込み中だったかしら？」

その言葉に、静に肩を掴まれたままだったことに気がついた私は慌てて彼から距離を取る。

「え⁉　いえ、おかまいなく！」

そんな私の反応に女性はくすくすと笑った。

すると静はにこりと笑顔を見せ、口を開く。

「花村《はなむら》さん。こちら、明日から事務のアルバイトとして働く入江さん」

って、ちょっと！　勝手に話進めないでよ！

「あら、やっと決まったんですね。でもどうしてずぶ濡れ……あ、このお洋服はもしかして彼女に？」

「まぁいろいろあってさ。どこか着替えられるような部屋に案内してあげて」

静の指示に彼女はうなずくと、私を連れて部屋を出る。

花村さんというらしいその女性は、私より少し年上だろうか。

フチの細いメガネが知的だけれど、笑顔から発せられる雰囲気はやわらかく、品のあるお姉さんといった印象を受けた。

細すぎず太すぎないほどよい体型に、ぱっちりとした二重の綺麗な顔立ち。その見た目から、きっとモテるだろうなと察する。

そんなことを考えながら彼女の後をついていくと、近くの個室へ通された。ここはきっと依頼人との相談室なのだろう。

細長いテーブルに椅子が四脚並んだその部屋は、大きな窓から外が見え開放感がある。さらには通路側もガラス張りになっていて、弁護士事務所というイメージについてくる堅苦しさを取り払うかのようなつくりをしていた。

室内をキョロキョロと見回していると、花村さんは手にしていた紙袋を私へ手渡す。

「私の趣味で選んだもので申し訳ないけど、これ着てね」

「すみません、わざわざ服用意していただいて」

「いいえ、いいのよ。でも先生からいきなり『女性物のMサイズの服を適当に用意してほしい』なんて電話があったから何事かと思っちゃった」

ふふっと笑う花村さんに、先ほど車で静が電話をしていたことを思い出した。

あの電話は花村さんにかけていたものだったんだ。

あのまま私を家に送り届けて、『悪かった』のひと言でほっぽり出すこともできたのに。

わざわざ服を用意させたりして……そういう律儀なところ、昔から変わらない。

すると花村さんは、窓際と通路側のブラインドをサッと下ろしながら問う。

「それで、本当に明日からバイトしにきてくれるの？」

「え？」

「さっきの話、先生が強引に進めてたみたいだから。私たちからすると人手が増えるのはありがたいけど、あなたはそれで大丈夫？」

私がまだ同意していないことはお見通しだったのだろう。

笑顔のままたずねられ、答えに詰まる。

そんな私に、花村さんは無理に答えを迫ることなく、「廊下に出てるね」と部屋を出た。

パタンとドアが閉じられ、ひとりになったその部屋で、私はトップスを脱ぎタオルで体を拭く。

……きっと、本気で断ろうと思えば断れる。

静は無理強いをするようなタイプではないし。ああして丸め込むような言い方をするのは、私が迷っているのをわかってなのだろう。

でもさっき静が言っていた通り、少しでも働けば家に対しての居づらさもなくなるだろうし……ひとりでため息ばかりついて毎日を過ごすよりは、マシかもしれない。それに、まるで運命のようにも思えるこの再会になにか意味があるんじゃないかって、そう希望にすがりたい自分もいる。

そんなことを考えながら、花村さんが用意してくれた服に袖を通す。黒のシンプルなワンピース。それを着ると、ようやくびしょ濡れの状態から解放された。

「花村さん、着替え終わりました……」

部屋から顔を出し廊下を見る。ところがそこにいたのは、花村さんではなく静だ。壁によりかかっていた静は、私の声にこちらを見た。

「って、なんで静がここにいるのよ」

「花村さん電話対応中だから。俺が代わりに待ってた」

にこりと笑って言う静に、私は部屋から出てドアを閉めるとその顔をじろりと見る。

「で？　誰がバイトするなんて言ったのよ」

「しないの？」

「しないとは言ってないけど、するとも言ってない！」

笑みをみせるその顔は、私の答えなどわかっているようだ。

その予想通りの答えを出すのはちょっと悔しい……けれど。

「……短期でいいなら」

悔しさから拗《す》ねたように小さくつぶやく。けど正直に『する』とは言ってやらない。

それに対して静は、それ以上問うことなく、まるでそのひと言で満足とでも言うかのように笑う。

「うん、よろしく」

目を細め、薄い唇の端をそっと上げた笑顔。

その表情はあの頃とまったく変わらなくて、一気に十二年前に戻った気がした。

何年経っても、いくつになっても変わらない。

この街に漂う潮の香り。

夏の日の太陽のまぶしさ。

そして彼の笑顔と、それをうれしいと思う自分。

懐かしさに惹かれて、現実から逃げているだけなのかもしれない。だけど今は、それでいい。ほんの少しでも、この心が軽くなるのなら。

今さら

いつもみんなの中心にいて、目立つ人だった静。

成績優秀で毎回テストの成績は上位。スポーツもできて、部活ではエースとして他校の人からも一目置かれるような存在だった。おまけに見た目も学年イチと言われるくらいのイケメン。

となれば自然と彼の周りには人が寄ってきていて、男女ともに人気があった。

片や私は成績は悪いほうだったし、バスケ部でもギリギリレギュラーに入れたくらい。見た目は平凡で、クラスの中での立ち位置も端のほう。

だからこそ、仲のいい友達という関係を装いながら、ひっそりと彼に片想いを続けていた。

静と顔を合わせて話せるだけでうれしかった。笑ってくれるとこちらまで笑顔になれたし、名前を呼ばれると幸せだった。その一挙一動にいちいちときめきを感じた。

彼がほかの女子と噂になったときは本気で落ち込んだ。苦しくて悲しくて、恋は楽しいだけのものじゃないのだと知った。

そんな日々を二年以上繰り返した、高校三年生の七月頭。

『……俺、入江のこと好きだよ』

ある日の放課後。ふたりきりの体育館裏で静がささやいた言葉に、私は驚きで息が止まりそうになりながらも、迷うことなくうなずいた。

その瞬間から、私たちは同級生から恋人同士になった。

静の恋人として過ごした日々は、今思うとじれったいくらいの関係だった。

あんなに好きだったのに、いざ付き合うとどうにもできなくなってしまった。手をつなぐのにも時間がかかって、だからこそ少しずつ距離が近づいていくことがうれしかった。

ふたりの間に甘い言葉はなく、キスですらも一度きり。だけど、初めての恋──初めてのデートもキスも、すべての思い出が彼とのものでつくられている。

こんなにも誰かを愛しく思えることも、誰かに思ってもらえる幸せも、静が教えてくれたのだ。

……けれどそんな関係も、私の心の未熟さゆえにほどなくしてあっけなく終わりを迎えてしまった。

彼を信じられなかった自分と、追いかけてくれることのなかった彼。そんな私たちがうまくいくはずなんてなかったんだ。

　高校卒業以来、十二年ぶりに静と再会した日の翌朝。

　私はひとりドタバタと足音を立てながら自宅の中を駆け回っていた。

「ね、寝坊したー！」

　ここ一ヶ月ほど毎日だらけた生活を送っていたせいか、六時半にセットしたアラームはまったく聞こえず寝過ごしてしまった。

　顔を洗って寝癖を直して、服を着替え、急いでメイクをして……急ぎながらもしっかりと赤い口紅を引いて玄関へ向かう。

「果穂、おはよう……って、そんなに急いでどこか出かけるの？」

　ちょうどそこに、玄関のすぐ横にあるリビングからお母さんが顔を覗かせた。その問いに、私は黒いヒールを履きながら答える。

「今日からバイトすることになったの」

「バイト？　あらそう、やっと働く気になったのね～。よかったよかった。で？　どこで働くの」

　どこで……と聞かれると、少し迷ってからおずおずと答える。

「……べ、弁護士事務所」

「はぁ⁉ なんで弁護士事務所⁉」

お母さんからの反応は想像通り。

けっして賢いとはいえない娘から、『弁護士事務所』なんて言葉が出てくるとは思わなかったのだろう。お母さんは驚きのあまり、思わずリビングから飛び出してくる。

「私にもよくわからないの！　とにかく行ってきます！」

そう、私自身もなぜこんなことになったかわからない。

高校時代の元カレと再会して、その人が弁護士になっていて、バイトとして雇われることになって……。その場の雰囲気に流された感じもあるけれど、まぁ、ちょっとでも気分転換になるならそれもいいかなと思えたりもした。

急ぎ足で自宅を出て、最寄駅から電車に乗り、オフィス街のある関内駅で降りる。駅から徒歩十分のところに彼の事務所がある。夏の日差しが厳しい中、私は小走りで官庁などがある閑静な通りを抜け、昨日来たビルの前にたどり着いた。

同じ建物の中にはいくつもの企業が入っているらしく、昨日の午後は静かだったエントランスも、出勤時間とあって朝はたくさんの人であふれている。

その中をすり抜けるように歩いてエレベーターに乗ると、五階で降りた。

目の前にあるのは、【伊勢崎法律相談所】の文字。

……夢じゃ、ないよね。改めてこうして見ても夢か現実か疑ってしまう。

だってあの静と偶然再会して、しかもその二十四時間以内に彼に雇われることになるなんて……。

いや、まぁこうしてまたつながるようになったからといって、今さらなにかあるわけでもないけどさ。

「あら、果穂ちゃん？　早いわね」

その声に振り向くと、そこにいたのは昨日服を用意してくれた花村さんだ。

「花村さん。おはようございます」

「おはよう」

今日は明るいベージュのノーカラージャケットを着た彼女は、胸下まである髪を揺らしながら事務所へ入る。彼女についていくように、私も中へ入った。

昨日少し聞いたところによると、花村好恵《よしえ》さんという彼女は、私より五歳年上でこの事務所のパラリーガル——弁護士補佐役だそう。

七歳の子供がひとりおり、自営業のご主人が主に家を守ってくれているのだという。

美人でスタイルもよく落ち着いていて、それでいてパラリーガルだなんて。かっこよすぎる。

五つしか変わらないのに……。自分との差を感じて思わず悲しくなる。そのまぶしさに目を細めていると、花村さんは奥にある部屋へ通してくれた。

そこは壁際に胸くらいまである白いキャビネットが並び、デスクが三つコの字型に置かれている。おそらく事務室だろう。

「ここが事務室で、主に私たちや果穂ちゃんが仕事するところね。伊勢崎先生は普段は隣の所長室」

所長室……って、昨日静に通された部屋だ。

彼の性格からすると、みんなとコミュニケーションを取りながら仕事をするタイプのように思っていた。けれど、職業柄もあってなのか、実際はそうでもないようだ。

高校生の頃はまさしくそんな感じで、部活中も先輩後輩問わずよく話して盛り上がっていた。そのためたびたび顧問の先生から『私語が多い』と叱られていた。

その静が、今ではこうして所長として一線を引いているとは。あの頃の彼と今の彼の違いがうっすらと感じられた。

「果穂ちゃんのデスクはそこだから。荷物置いちゃって」

花村さんが目で示す先には、パソコンやバインダー、ファイルや書類が雑に置かれたデスクがある。

　これだけ事務仕事がたまっているということだろうか。大変そう……。

　椅子にバッグを置きながら苦笑いをこぼすと、背後のドアがガチャリと開いた。

「おはよー、ってあれ。誰？」

　その声に振り向くと、そこにいたのは黒いスーツに身を包んだ、すらりとした長身の女性。花村さんと同じくらいの年齢だろうか。茶色い髪を綺麗に巻いた彼女は、少しきつめの目をこちらに向けた。

「おはよう、都子《みやこ》。こちら伊勢崎先生の紹介で今日から働くことになった、事務のアルバイトの果穂ちゃんよ」

　花村さんに紹介され、私は深々と頭を下げる。

「入江果穂と申します、よろしくお願いします」

「そうだったの。私は壇《だん》都子、ここの弁護士よ」

　彼女……壇さんがそうにこりと笑うと、厚めの唇に塗ったグロスが艶めいた。

　壇さんも、静と同じく弁護士なんだ。けれど花村さんとは特段仲がいいらしく、ふたりの間に敬語や『先生』という呼び方はない。

　それにしても、清楚系の花村さんと、派手系の壇さん。系統は違えど、どちらも綺麗でスタイルもよく、大人の女の色気がある。

もしかして静って、美人系が好み？

まるでモデルのようなふたりの華やかなオーラに気圧《けお》されていると、壇さんは私のデスクの左向かいにある席にバッグを置きながら口を開く。

「で？　伊勢崎先生の紹介で働くなんて、いったいどういう関係なの？」

ど、どういう関係？

突然斬り込むようにたずねられ、思わず「えっ」と声が出る。

「いえ、静とはただの知り合いというか……なんというか」

「なわけないでしょ。伊勢崎先生の周りの女がここで働きたいって言っても、『知り合いと仕事はしたくない』ってかたくなに断ってたのに」

「たしかにそうねぇ。それに、伊勢崎先生のことを『静』なんて呼ぶ人初めて見たわ」

怪しむようにこちらをジロリと見るふたりに、心臓がギクリとする。

まずい、疑われている。だけどここで『元カレ』だなんて言おうものなら、絶対仕事がやりづらくなる。

短期のバイトだろうとそれは嫌だ、知られるわけにはいかない。

「ただの高校の同級生です！　本当に、ただの！」

「同級生？」

強く念押しするように言うと、ふたりは目を丸くして驚いた。

そして壇さんは、続いて興味深そうにたずねる。

「へぇ、それはそれでおもしろい話が聞けそうじゃない。伊勢崎先生の高校時代ってどんな感じだった？　ヤンチャとかしてた？」

高校時代の静……そう言われても。黒髪が茶髪だったことと、スーツ姿がブレザーにパーカーという制服姿になったくらいで、今とあまり変わらない。

「いえ、今のまんまですよ。明るくて、男子にも女子にも人気があって」

「へぇ、いいわねぇ！　イケメンは生まれながらにリア充で！」

「ごめんね、果穂ちゃん。都子こう見えて大学デビューだから高校時代に暗い思い出しかないの」

チッと舌打ちする壇さんを、花村さんが笑顔でフォローする。

壇さん……そうだったんだ。触れてはいけない部分な気がする。笑っていいのかわからなくて、ぎこちなく笑みを引きつらせる。

「私の高校時代のことはいいのよ！　それより果穂、伊勢崎先生の高校時代の秘密とか黒歴史とかないの!?」

「え！」

さっそく名前で呼び捨てにされ、その距離感の近さに戸惑いながら受け入れる。

よほど静の弱みを知りたいのか、壇さんは私の肩を掴み揺さぶり問いただした。

秘密、黒歴史……といっても、勉強も運動もできてモテて、非の打ち所がないような人だったし。どれかといえば、私なんかと付き合っていたことが彼にとっては黒歴史かもしれない……！

と思っても言えないけれど。

あれこれ考えながら、壇さんにガクガクとゆさぶられていると、今度はうしろから誰かに頭をガシッと掴まれた。

「なーに朝から恐ろしい話してんの」

「し、静！」

顔を上げると、背後に立っていたのは静だった。

肩を掴んでいた壇さんの手から解放され、振り向くと、彼は今日は黒いスーツを着て灰色のネクタイをきっちりと締めている。中にはベストも着込んでいて、見ているこちらが暑苦しい。けれど顔色を変えないどころか、汗ひとつかいておらず爽やかだ。

「伊勢崎先生。おはようございます」

「おはよう」

丁寧に挨拶をする花村さんに応えると、静は続いてこちらを見る。

「入江さんも、おはよう」

「あ……おはよう」

『入江さん』だなんて、わざとらしく他人行儀な呼び方をする彼に催促されて言う。

けれど彼は笑顔のまま、なにか言いたげだ。

「ここでの俺と君の関係は?」

「え? 関係……所長と、アルバイト?」

「正解。ということは?」

誘導されるようにたどり着いた答えは、つまり、花村さんたちのように敬語を使い『先生』呼びをしろということ。

「……おはようございます。伊勢崎、先生」

「よくできました」

渋々返した言葉に、静は満足げにふっと笑って私の頭をポンと軽く叩いた。

む、ムカつく……。

けれどたしかに、ここでの静と私は弁護士先生である所長と事務員のバイト。同級生とはいえ花村さんや壇さんたちの目もあるし、その関係を忘れるなと線引きされたように感じた。

……変に私情が入ってもお互いやりづらいから、それはそれでいいけどさ。

そう心の中でつぶやいていると、静が私のデスクに書類をパサッと置きながら花村さんを見る。

「花村さん、早速入江さんに仕事教えてあげて」

「はい、わかりました」

小さくうなずく彼女の横で、壇さんは口を挟むように言う。

「事務の仕事なら私が教えてあげましょうか？」

「壇さんは余計な話が多すぎるからなぁ」

「コミュニケーションですよ、コミュニケーション！」

口を尖らせて言う壇さんに、静は「どうだかなぁ」と苦笑いをする。そんなふたりを見ながら、花村さんは私を廊下へ連れ出した。

「三人とも仲良しですね」

「ええ。もう何年も毎日のように顔を合わせているし、伊勢崎先生も所長だけど普段はあんなふうに接しやすいから。仕事のことになると厳しいんだけどね」

花村さんたちからすれば静は年下上司。けれど偉そうな態度をとったり、逆にやりづらさを見せたりせずいい距離感で接しているのだろうと、花村さんの口ぶりから想像がついた。

話しながら、花村さんは事務所内をひと通り案内する。

入り口からお手洗い、給湯室と広いフロア内をひとつひとつ見ていく。

「相談室……は昨日着替えに使った部屋だからわかるわよね」

「はい」

うなずきながらも一応見ると、昨日使った個室の隣にもうひとつ相談室があり、その向かいにはやや広めの会議室があった。

部屋数は多くないけれどひと部屋ひと部屋にたっぷりとスペースを使っていて、フロア全体が明るくゆとりのあるつくりだ。

「この事務所は三人だけなんですか？」

なにげなく浮かんだ疑問を口に出すと、花村さんは笑顔で答えてくれる。

「ええ。伊勢崎先生の方針で、今はまだ少ない人数でひとつひとつの案件に丁寧に取り組んで実績を積む時期だ、って」

「実績を積む時期……」

「伊勢崎先生も独立してまだ二年だから、今が依頼人との関係性を築くがんばりどころなのよね。その甲斐あってだいぶ軌道には乗ってきたけど」

そうだったんだ……。

たしかに、まだ二年目と年数が浅い事務所で、静自身も若い。となるとまず依頼人からの支持や信頼、実績を得ることが大切なのだろう。

独立って大変なんだなぁ。

「って、同級生ならこういう話も伊勢崎先生から聞いてるわよね」

花村さんの言葉に、私は首を横に振る。

「あ……いえ。同級生といってもこれまでまったく連絡も取ってなくて、昨日たまたま再会して、弁護士っていうこともそこで初めて知ったんです」

「そうだったの。じゃあ余計びっくりよね」

「そう、ですね」

高校を卒業してから、静とは連絡ひとつ取らなかった。五、六年前に一度開かれた同窓会に行ったときも、クラスが違うから彼が来ているかどうかも知らなかったし、彼の噂すら耳にすることはなかった。

……いや、聞かないようにしてたっていうほうが正しいのかもしれない。

だけどそうやって私が耳を塞いで目を背けているうちに、静は少しずつ前に進んでいたんだな。

高校を出てからこの年まで、私に過ごしてきた時間があるように、彼には彼の過ごしてきた時間があった。静はこうして立派な弁護士になったというのに、私は彼氏に浮気されてフラれて仕事も投げ出して……なんとも情けない。

どうしてこんなに差が開いちゃったんだろう。あの頃は、同じ場所で同じ景色を見ていたはずなのに。

……なんて、今さら気にしても意味がないこと。なのに、胸の奥に引っかかってしまう。

「果穂ちゃん？　大丈夫？」

「あっ、はい！　すみません」

ふと我に返り、私は引き続き花村さんと事務所内を歩いた。

それから花村さんから教わった仕事は、主に事務仕事と電話番、それとお茶出し。

事務仕事は入力作業や経費精算、請求書発行など、昨日静が言っていた通りたしかに難しいことはなかった。けれど内容が細かいことと、だいぶ件数がたまってしまっているので量がある。

花村さんいわく、三人とも自分の仕事で手いっぱいのため、前の事務員さんが辞めて以来事務仕事は後回しになってしまっているのだそう。

けどまぁ、あの会社でも仕事に追われるのは慣れている。むしろそれぐらいのほうがやる気が湧いてくるというもので、私は黙々とパソコンへと向かった。

それから数時間後の十五時前。

「果穂ちゃん、私外出するね。今日はそのまま直帰するからあとはお願い。定時の十八時になったら上がっていいからね」

「はい、わかりました」

裁判所に行ったり役所に行ったりと外出も多いらしく、花村さんは書類やノートパソコンを詰め込んだバッグを手に席を立つ。

「あ、あと伊勢崎先生に依頼人が来てるから、お茶出しお願い」

そう言って花村さんは部屋を出ていき、事務室に私ひとりとなる。

壇さんも午前から外出してしまったし、みんな忙しそうだ。

三人のスケジュールが書かれたホワイトボードには、【伊勢崎　田中《たなか》様十五時～】の文字が書かれている。

よし、お茶出しにいこう。

初めてのお茶出し、ちょっと緊張するけれど普通に入れれば大丈夫。

事務室を出て給湯室へ向かうと、コーヒーメーカーでコーヒーをつくる。白いカップに注ぐと、濃い香りがふわりと鼻をくすぐった。

部屋に入ったら、コーヒーを置いて一礼してすぐ出ること。どんな話をしていても、反応したり耳を傾けたりしないようにすること。花村さんから言われた、お茶出しの際の注意を頭の中で繰り返す。

その中でも念押しして言われたのは、『守秘義務を徹底するように』ということ。依頼人のことは詮索せず、ここで得た情報は家族にすらも漏らさない。あくまで私は事務員だという立場を守ること。

「……よし」

気を引き締め、トレーにふたり分のコーヒーとミルク、スティックシュガーをのせると給湯室を出た。

相談室の前まで行くと、ガラス張りの個室で依頼人の女性と静がふたり向かい合い座っているのが見えた。コンコンとドアをノックする。

「失礼いたします」

声をかけドアを開けると、「コーヒーをお持ちしました」とテーブルにカップを置く。その間も静は手もとの書類や女性のほうへ顔を向け、こちらを見ることはない。

「それでは今回はこの内容で、話を固めていきましょう。今後の進展としては……」

そう話す彼の顔は、いつもと違う真剣なものだ。

なにげなく静の手もとを見ると、彼が持つ資料にはたくさんの情報やメモが事細かに書き込まれている。きっと依頼人のために細かく情報収集をおこなったうえで、丁寧なヒアリングをしているのだろう。

そんな静の誠実な対応が理由か、女性は次第に涙をこぼし始める。

「すみません、こんな相談……情けないですけど、誰にも言えなくて」

「いいえ。こんなことなんて言わないでください。力になりますのでなんでもお話ししてください」

けれど静は彼女の表情に動揺ひとつ見せることはない。むしろ安心させるようににこりと微笑んだ。

営業スマイルとか上っ面だけなんかじゃない。心がこめられているのが感じ取れる表情と声に、私の胸も小さく揺れた。

……本気で、真剣にこの仕事をしているんだ。

この人のような、困っている人のために。

そう思うと、私もしっかりしなければと自分の背中を叩かれたような気がして、お茶を出し終えた私はすぐさま事務室へ戻り仕事を再開させた。

ただの事務員だろうと、短期のバイトだろうと、静が真剣にやっている仕事に関わることだ。それに対して、私も本気で向き合うべきだ。

けっして遊び半分でこの仕事を引き受けたわけではないけれど、なりゆきだしという甘い気持ちがなかったわけじゃない。

でも、仕事に真剣に取り組む楽しさも難しさも、私だって知っている。

だからこそ今は少しでも、彼の力になれたらいいと思った。


それから数時間が経ち、作業がようやく一段落ついた頃には窓の外には夜空が広がっていた。

「はー！　今日の分終わり！」

今日はここまでやっていこうと決めた分の入力作業を終え、私は座ったままうーんと伸びをした。

初日からよくがんばった、私。

自分で自分を褒めながら、壁に掛けられた時計を見ると、時刻はすでに十九時過ぎ。

すっかり定時を過ぎてしまっていた。いけない、そろそろ上がらないと。

そう思い、少し散らかったデスクの上を片づけていると、背後のドアがガチャリと開けられる。

「入江。まだいたの？」

その声に振り向くと、それは静だった。

静は私がまだいたことに少し驚いた様子で部屋に入ると、キャビネットへファイルを一冊戻した。

「気づいたらこの時間で……でももう一段落ついたし帰りますから」

今朝のこともあり、職場では敬語を使おうと決めた私は、ふたりきりのこの場でもそれを守る。

すると静はそれを気に留めるより先に私のデスクの上を見て、口を開いた。

「もうここまで片づいたんだ、思ったより仕事早いね。勉強はできなかったのに」

「人には得意不得意があるんですー」

軽口をたたきながら、私はパソコンの電源を落とし、帰るために荷物をまとめる。

「……まぁ、真面目な伊勢崎先生を見たら自分もちゃんとしなきゃって。やる気出ちゃっただけです」

本音をこぼしてみせるけれど、どこか少し気恥ずかしくて、へへっと笑ってごまかした。

すると静は無言のまま、キャビネットの前からこちらへ近づく。座ったままの私の隣に立つと、そっと手を伸ばし、私の目にかかっていた前髪をよけた。

そのなにげない仕草に、動揺してしまう。

……思い出したくなんてないのに。『前髪伸びたな』と髪をよけて額にキスをする上原さんの面影が頭をよぎる。

あのときも、こうしてキスをした。あのキスもやっぱり嘘だったのかな。

今となっては苦いだけの記憶が不意によみがえり、胸をきゅっと締めつけた。

その感情が顔に出ないように必死に平然を装っていると、静が口を開いた。

「そういえば、言わなかったんだね」

「なにを？」

「花村さんたちに、俺たちが昔付き合ってたこと」

って、〝元カレの職場にバイトしにきて、自分からその話題出す人なんている⁉

まさかのセリフに、驚きを隠せない。

けれどこちらを見るその顔は、いつもと変わらぬ笑顔のまま。その表情を見て、私との過去は彼にとってさほど大したことではないのだと察する。

そう思うと、自分ひとりが意識しているようで悔しい。

「べつに、過去のことだし。今さら言う必要もないでしょ」

そっちがそういうつもりならと、冷めた言い方で静から顔を背けた。

「……過去のこと、ね」

すると静はつぶやいて、私のデスクに左手を置く。私は顔を背けたまま前を向くけれど、彼が近づく気配を感じて緊張が走る。

「俺は今でも、入江のこと好きだけど」

そして、耳の近くでささやかれたひと言。

耳から入り込んだ低く甘い声が、またたく間に全身を熱くする。

急になにを言いだすの。『今でも』なんて、どんな顔をして言っているのだろう。

真剣な顔？　それとも、からかうような笑みを浮かべている？

知りたい。だけど、静を見ることができない。きっと真っ赤に染まっているであろう自分の顔を見られたくない一心で、私は思いきり立ち上がる。

それと同時に、私の肩に静の顎がゴンッとあたった。

「いっ！」

私が突然勢いよく立ち上がったせいで、静は避けられなかったのだろう。

痛そうな音と声がした。けれど恥ずかしさでいっぱいで、彼を心配する余裕もない。

「か、帰る！」

私はそれだけを大声で言うと、両手でバッグを抱えて部屋を飛び出した。

事務所を出て、エレベーターを待つことすらじれったくて、私はそのまま奥にある非常階段を駆け下りた。

ヒールを履いた不安定な足もとで、階段をカッカッと下りていく。その間も心臓はドキドキと音を立てて、全身の火照りはおさまらない。

『俺は今でも、入江のこと好きだけど』

そんなことありえない。だってもう十二年も前のこと。

いったいどういうつもりで言ったのだろう。私の慌てる顔が見たかっただけ？

……そうだ、そうに違いない。絶対からかわれただけだ。

そうわかっていても、耳の奥に彼の低くて甘い声が残る。

近い距離が、不意にあの頃と変わらないときめきを感じさせて、私の頬を熱くした。

外に出ると夏の夜のなまぬるい風に触れ、いっそう熱がこもったように感じられた。

名前

「えぇ⁉　伊勢崎と再会した⁉」

日曜の午後。一週間前にも来たカフェの窓際の席で、向かいに座る映美の大きな声が響く。

突然のその大声に、周囲の席の人の視線がこちらへ向けられるのを感じた。

「ちょっと、映美声大きい」

「あ、ごめんごめん」

映美は自分を落ち着けるように、グラスの中のアイスティーを飲んで深呼吸をする。

「でもびっくり。伊勢崎の噂話すら聞きたがらなかった果穂が、再会どころか伊勢崎のところで働いてるなんて！」

この前一緒にカフェに行ったあと、まさかの展開になっていたことに、映美が興奮するのも無理はない。なによりこの私が一番驚いているのだから。

「自分でも信じられないよ。それに、まさかあの静が弁護士になってるなんて」

「同級生の間では超有名な話だったよ。果穂も知っててあえて話題にしないのかと思ってたら、本当になにも知らなかったんだね。あ、そういえばこの前もよく見るニュースサイトで特集ページ組まれてたの見たよ」

そう言って映美はスマートフォンを操作し、画面を見せる。そこには【注目の若手弁護士　伊勢崎静】の文字とインタビュー、それと静の写真が掲載されていた。

その記事についてのコメントにも目を通してみると、【イケメン弁護士】や【こんな弁護士になら依頼したい】など女性たちから熱いメッセージが寄せられていた。

ニュースサイトに、インタビュー……。ますます遠い存在の人だ。

アイスコーヒーを飲みながらそんなことを考えていると、映美はニヤリと笑う。

「で？　伊勢崎と復縁の可能性は？」

唐突なその問いに、飲み込んだアイスコーヒーが変なところに入って、むせてしまった。

「ゲホッ、ゴホッ、な、ないよそんなの！」

咳き込みながら、口もとをおしぼりで拭い必死に否定する。

けれど映美はキョトンと不思議そうに首をかしげた。

「なんで？　伊勢崎たしかまだ独身でしょ？」

「だろうけど、彼女はいるかもしれないし……ってそこじゃなくて！　一度別れてるのに、やり直すとかないから！」

「わからないよー？　一度は付き合ってるからこそ、また恋に落ちる可能性だってあるかもしれないじゃん」

「あるわけないよ」

そう言いながら、ストローでグラスの中をかき混ぜる。

思い出すのは、数日前の静のセリフ——。

『俺は今でも、入江のこと好きだけど』

あの翌日から静の前では平静を装っているし、静も不意に近づいてくることもない。

けれど、ふとした瞬間にその言葉を思い出してひとり照れている自分がいる。

あんなの、からかっているだけってわかっているのに、軽く流せないなんて……！

思い出して両手で顔を覆う私に、その真意を知ることのない映美は、苦笑いする。

「ま、とにかくなにか進展あったら教えてよね！　親友なんだから！」

「とか言って絶対楽しんでるだけでしょ……」

「あ、バレた？」

もう！と映美に怒ると、私は目の前のお皿に盛られたケーキをバクッと食べた。

復縁なんて、ないない。

今や弁護士として活躍する静と、こんな私じゃ世界が違うと知ったし。

静からすれば、もはや過去のことをネタにからかえるくらいの相手なのだろうし。

……それに、私自身、恋愛とか結婚とか、今はまだそんなことを考える気持ちにはなれない。中途半端なまま踏んぎりもつかない、進めない。

こんな気持ち、早く断ち切らなくちゃとは思っているのだけど。


翌日の月曜日。十四時を過ぎた頃、花村さんと壇さんと三人がそろった事務室で、私は今日も黙々と事務仕事を片づけていた。

ここで働いて一週間。入力作業をはじめ、掃除などの雑務など、事務員としての業務にも慣れてきて、自分が意外とこうした仕事が苦手じゃなかったことに気がついた。

企画課での仕事しかしてこなかったから、またこうして違う職種で働くのも楽しいかも。

そう思いながら、パソコンのキーボードをパチパチと打つ。

「あー……やっと報告書まとまったぁ」

それまでずっと黙ってパソコンに向かっていた壇さんが、疲れた声を出した。

「お疲れさま。都子にしては時間かかってたわね」

「うん、この案件、話が落ち着くまでだいぶ時間かかったからねー……かなり修羅場に巻き込まれたけど、やっと片づいてひと安心」

長引いていた離婚問題がようやく片づいたらしい。壇さんは今朝からその報告書を作成していたのだけれど、無事に完成したみたいだ。

うーんと長い腕を思いきり上げ、伸びをする。

「でも今回も、伊勢崎先生にはだいぶフォローしてもらっちゃったなぁ」

「え？　伊勢崎先生にですか？」

こぼされたひと言にたずねると、壇さんはうなずく。

「伊勢崎先生ってさ、私の案件はもちろん私にすべて任せてくれるんだけど、気にしてないようで進捗状況とか結構気にかけてくれるんだよね」

「で、都子が困ってたり悩んでたりするとさりげなくアドバイスくれたりするのよね」

「そうそう。今回も私が知らないうちに依頼人の裏を取るために結構動いてくれてたみたいで。そのアシストがなかったら片づかなかったかも」

壇さんはそう言ってまいったように苦笑いをみせた。

「自分の仕事は全部自分で片づけて、さらに私のフォローをして新しい仕事も引き受けて……涼しい顔でこなしてみせるから、悔しいけど尊敬するわ」

「そんな伊勢崎先生だから、私たちもついていこうと思えるのよね」

どこか照れくさそうな壇さんと、穏やかに言う花村さん。言い方は違えど、ふたりがお世辞や嘘ではなく本心で静のことを尊敬していることが伝わってくる。

信頼されているんだ。つねに誰かのために動いている静だから。その思いは彼女たちにもちゃんと伝わっている。そう思うとどうしてか私までうれしくなった。

穏やかな雰囲気の中、花村さんはにこりと笑って口を開く。

「じゃあ、そんなお疲れの都子のためにちょっとお茶でも入れましょうか」

「おっ、やった。花が入れる紅茶おいしいんだよね」

「果穂ちゃんも休憩しましょ。ちょっと待ってて」

花村さんはそう言うと、席を立ち事務室を出ていく。

「いいんですかね。お茶くみは私の仕事じゃ……」

「それは依頼人が来た時の話。花の紅茶超おいしいから、私と果穂は手出しせず楽しみに待ってればいいの」

壇さんは笑いながら、相変わらずのさっぱりとした口調で言った。

花村さんも壇さんも、ふたりとも年上ということもありお姉さんといった感じでなにかと親切だ。それもあって、いっそう仕事がやりやすいのかもしれない。

そのまま待っていると、少ししてから事務室のドアが開けられた。

「お待たせ」

「よっ、待ってました！」

花村さんがトレーを手に現れると、壇さんの元気な声が響く室内には、紅茶の香りがふわりと漂う。

「いただき物のお菓子があったから、せっかくだしそれも食べちゃいましょ」

そう言いながら花村さんは、それぞれの前に赤い紅茶が注がれた花柄のオシャレなティーカップと、クッキーが盛られた小皿を置いていく。

おいしそう……。

壇さんがさっそく紅茶を飲むのを確認してから、私も温かいカップに口をつけた。

口の中でダージリンティーのさわやかな味が濃くふわりと広がる。

「おいしい……！」

「でしょ？　花が入れる紅茶は風味もよくて味もしっかりしてて、最高なんだから」

「ってどうして都子が自慢するのよ」

花村さんは照れたように言うけれど、たしかにこれは壇さんが自慢したくなるのもわかる。

「すごいですね、私が家で入れるのとは全然違う……」

「もともと紅茶が好きでね、ここでも飲みたくて給湯室に自分のポットと茶葉のコレクションを持ち込んじゃったの」

道具も、入れ方も茶葉も、すべてこだわっているのだろう。ほのかな甘みと温かさが、冷房で少し冷えた体にじんわりと染みた。

なんて贅沢なティータイム……。

そうしみじみと味わっていると、花村さんもカップに口をつけながら言う。

「それにしても果穂ちゃん、もうすっかり仕事に慣れたみたいね。事務はもちろん、掃除も丁寧だし、この前はカップの漂白もしてくれていたし」

「あはは、動いてるほうが落ち着くだけです」

褒めてもらえたことがうれしくて、にやけた顔でクッキーを一枚手に取る。

すると壇さんは、そういえばというように私にたずねた。

「果穂ってもともとなんの仕事してたんだっけ」

「化粧品メーカーの企画の仕事です。イズ・マインっていうメーカーで」

「え⁉　イズ・マイン⁉　あの有名デパコスの⁉」

メーカー名はやはり知っているのだろう。壇さんは大きな目を丸くして驚く。

「超大手じゃない！　なんで辞めちゃったの！」

「辞めてないです。あくまで休職中、です」

何度目だろうこのくだり……。そう思いながらも毎回いちいち訂正してしまう自分がいる。

その話を聞いて、つづいて花村さんがたずねた。

「じゃあ休職中ってことは、そのうち戻るの？　あ、だから短期のバイトって形なのかしら」

『そのうち戻る』、彼女の言葉が胸の奥で小さく引っかかる。

「……まぁ一応、そのつもりではいるんですけど」

戻ることも離れることもできない、曖昧な気持ちで『そうなんです』とは言いきれず、苦笑いでごまかそうとする。

けれど、その曖昧な気持ちはふたりにも伝わっていたようだった。

花村さんは、それ以上の問いかけをのみ込んだようだった。ところが一方で壇さんは、グロスを塗った唇を尖らせる。

「けど、ってはっきりしない言い方ねぇ。どんな理由があるにせよ、辞めたくないから休んでるんじゃないの？」

「……それもあるんですけど、なんていうか。踏んぎりつかないだけかも、しれないです」

辞めたくないから、休んでる。たしかにそう。それくらい大好きな仕事のはずだった。ううん、今でも。やっぱりこれまで自分がしてきた仕事が好きだし、大切だ。

なのに、あのオフィスでの日々を思い出すと必ず〝彼〟の面影が一緒についてきてまた心が沈む。

いっそ、辞めてしまえればいい。すべて忘れようと断ち切れたらラクなのに。

『……ごめん。俺、果穂のこと選べない』

また思い出すあの日のセリフに、それ以上の言葉が出てこなくなってしまった。

その時だった。背後になにかの気配を感じた瞬間、私が手にしていたクッキーがパクッとひと口かじられた。

「わぁ！」

あまりに突然のことに驚き振り向くと、満足げな静がいた。

「ん、おいしい」

静は口の端を指先で軽く拭いながら、平然と感想を述べてみせる。

「私のクッキー！　勝手に食べないでください！」

「ひと口もらっただけじゃん」

いきなり近づくから、心臓に悪いのよ！　そりゃあ騒ぎたくもなってしまう。

怒りながら静にかじられたクッキーを口に押し込んでいると、そのやり取りを見ていた壇さんが、ふと思い出したように言う。

「あ、そうだ。いきなりだけど今日さ、果穂の歓迎会やらない？」

歓迎会？

突然のその提案にキョトンとしてしまう私の一方で、花村さんは笑顔でうなずく。

「いいわね、賛成。伊勢崎先生は大丈夫？」

「うん、大丈夫」

「よし、じゃあ決定！」

そして私が意思を示すより先に話がまとまってしまった。

「ちょうど居酒屋の割引券が今日まででさ、これ使っちゃいたくて」

「率先して言いだしたかと思えば、そういうことだったのね」

「まぁまぁ。言いだしっぺとしてちゃんと予約もしておくからさ」

壇さんと花村さんの会話を聞きながらも、心に浮かぶのは、いいのかなという小さな戸惑い。

短期のバイトだって話をしたばかりなのに。……だけど、限られた時間でも、仲間だと言ってくれているようでうれしい。

緩みそうになる口もとをぐっとこらえながら、私はカップの中を飲み干して、食器を下げに給湯室へと向かう。

「にやけてるねぇ」

「えっ⁉」

嘘、顔に出てた⁉

背後から突然かけられた声に、咄嗟に両手で両頬を押さえ振り向く。あとをついてきていたらしい静は、そんな私を見てくすくすと笑った。

「……いい人たちですね。花村さんも、壇さんも」

「そりゃあ俺が選んだうちの仲間ですから。悪い人なわけがないでしょ」

自信満々に言うその言葉は、冗談のようで本気にも聞こえる。

「けどそれは、入江がちゃんと仕事に取り組んでるからこそだとも思うけどね」

「え……」

私、が？

そんなことを言われるとは思っておらず少し驚く私に、静は優しく笑う。

それって……褒められてるってこと、かな。

私の仕事を、花村さんたちも、そして静も見てくれている。うれしい。静のひと言ひと言が、胸の奥をくすぐった。


ところが。その日の夕方のことだった。

花村さんの旦那さんから、子供が突然高熱を出してしまい病院へ行ったと連絡が入り、彼女は心配だからと言ってひと足先に帰っていった。

じゃあ三人で行こうかと話していたところ、ほどなくして壇さんのスマートフォンが鳴り……。

「えぇ!?　これから急遽旦那さんと離婚の話し合いをする!?　わかりました、今から行きますから！」

手短に通話を終えた壇さんは、スマートフォンをポケットにしまいながら申し訳なさそうにこちらを見た。

「本当にごめん！　今から依頼人のところ行かなきゃいけなくなっちゃった！」

「仕方ないですよ、また日を改めて……」

「ううん、せっかく予約したたし、割引券もあるし！　ふたりで行ってきて！　お店には人数変更になったって連絡入れておくから！」

「えっ」

し、静とふたりで、ごはん？

その言葉に戸惑う私に、壇さんは割引券を手渡すと、バッグに荷物を詰めてバタバタと事務所をあとにした。その場に残された私とたまたま事務室でファイルを探していた静は、お互いチラッと目を合わせる。

さすがの静も、元カノとふたりでごはんは気まずいよね。

「大丈夫ですか？　べつに、今日なしでも……」

気を使ってそう言いかけた、けれど静は小さく首を横に振る。

「いや、せっかくだし行こっか。予約もしてもらっちゃったし」

「えっ……いいんですか？」

「もちろん」

その言葉は少し意外で、快諾してもらえたことに驚きながらもうれしくなる。

静とふたりでごはんだなんて、付き合ってるときですらも行ったことがない。

静と付き合っていた高校三年の七月頭から八月末までの二ヶ月弱。その間、周りの恋人同士のように、いつもふたり寄り添って……ということはなかった。

夏休みも、私はほとんど補習とバイトで、彼は夏期講習に行っていたし。

学校から駅までの道のりを時々一緒に帰っても、彼の両手は自転車を押して塞がっていることが多くて、手をつなぐきっかけもなかなか訪れなかった。

教室では軽口をたたき合ってそれなりに楽しく話せるのに、ふたりきりになるとお互い黙ってしまう。

ふたりで出かけたのも、一緒に海に行ったことと花火大会に行ったくらいだ。

……不思議な、感じ。

恋人だったあの頃より、元恋人の今のほうが距離が近づいている気がする。


それから、十八時過ぎに仕事を終えた私と静は、ふたりで壇さんが予約してくれたお店へとやって来た。

そこは横浜駅からほど近い居酒屋で、お店の入り口に貼り出してあるおすすめメニューから、地鶏を使った料理が売りのお店なのだろうと察した。

「いらっしゃいませー！」

「予約した壇です。すみません、急遽人数変更していただいて」

「いえ、大丈夫ですよ。奥のお部屋をご用意してます」

お店に入ると威勢のいい声に出迎えられる。その中で静がそう伝えると、店員は快くうなずいて私たちを奥へ通した。

間接照明がほんのりと照らす店内は薄暗く、足もとがちょっと見えづらい。

今日は少し高めのヒールを履いているし、つまずかないよう気をつけなければ。

足もとを気にかけながら歩いていると、静がこちらに気づきそっと手を差し出す。

「足もと、気をつけて」

エスコートするように自然と差し出された手。けれど手に触れるのはさすがに恥ずかしくて、私は思わず彼のスーツの袖をつまんだ。

あぁ、私かわいげがない……！

でもさすがに手を取る勇気はないし、でも静はただ単に手を貸してくれただけなのにひとりで深読みしすぎ？

一瞬であれこれと思考をめぐらせた。けれど静は「ふっ」とおかしそうに笑う。

「あはは、まさかのそっち？」

私が袖を掴んだのが意外だったのだろう。声を出して笑う彼が子供のようで、少しかわいい。

それにしても、自然と相手をエスコートできるあたり大人だ。

思えば私、上原さんからもそんなことされたことなかった。デート中に私が転んでも『気をつけろよ』のひと言で終わり、手を差し出してくれることもなかった。

……なんて、またこうやって不意に上原さんのことを思い出す自分が嫌になる。

考えるうちに通されたのは四人掛けの個室席だった。掘りごたつになった席とオレンジ色の明かりが和の雰囲気を醸し出す。

「なに飲む？」

「じゃあ、レモンサワーで」

メニューを見て、とりあえず最初は軽めのお酒にしようと決めた。

「すみません、レモンサワーとウーロン茶でお願いします」

「かしこまりました。お食事はご予約の〝おまかせ盛り合わせコース〟でご用意いたしますね」

店員はそう告げると、一度個室をあとにする。

格子戸がパタンと閉じられた途端、小さな部屋にふたりきりなのだと実感させられ、改めて静を意識してしまった。

「伊勢崎先生は……」

「職場じゃないし、いつも通りでいいよ」

言われてから、そういえばそうだったと思い出し、改めて口を開く。

「静は普段、お酒飲むの？」

「うん。でも車での移動が多いから、外ではほとんど飲まないかも」

そうだ。今日もここまで車で来ているから飲まずにいるんだ。私も少しは気を使うべきだったかも。

そんなことを考えながら少し話をしていると、飲み物とお通しが運ばれてきた。

ジョッキの横に置かれた、小皿に盛られた小さな生春巻きが、ちょっとオシャレだ。

「それでは、入江がうちの事務所に加わったことを祝って」

「乾杯」

静の言葉を合図にグラスを合わせると、コンッと小さな音が響いた。

するとほどなくして、今度は料理が運ばれてくる。ふたりの間のテーブルの上は、焼き鳥や手羽先、サラダ、お刺身などであっという間に埋め尽くされた。

遠慮なく焼き鳥を一本手に取り食べると、焼きたての鶏肉に甘くしょっぱいタレがよく合っていておいしい。

「うん、おいしい」

「来たがってた壇さんが来られなかったのが残念だよねぇ。よし、写真撮って送ってあげよう」

「仕事中に、悪いよ……」

スマートフォンで手羽先の写真を撮る静に、明日壇さんが『私も行きたかった！』と悔しがる姿が想像ついて苦笑いがこぼれた。

「前に花村さんにも言ったんだけどさ、やっぱり三人とも仲いいよね」

「まぁね。年もわりと近いし、もう何年も一緒に働いてるしね」

焼き鳥を一本食べ終え、串を置きながらうなずく。

「それに、あのふたりだけは俺の理解者でいてくれたから」

「え？」

理解者……？

その意味を問うように言葉の続きを待つと、静はウーロン茶をひと口飲んだ後、口を開いた。

「俺たち三人とも、この事務所を立ち上げる前も同じ法律事務所にいたんだ」

「あ、三人とも同じところにいたんだ」

「うん。そこは業界内でも大手の、弁護士やパラリーガルもたくさんいるところで。依頼も多かったけど、所長自身が依頼者を儲けの対象としてしか見てなくて」

依頼者を、儲けの対象として……。その響きだけで不快な気持ちになる。

「利益重視で、依頼者の気持ちやその人が置かれている状況を考えようともせずに料金をふっかけて。そんなのはもちろん俺の本意じゃなかった。困っている人の力になりたくて弁護士になったはずなのに、なにやってんだろって悔しかった」

思い出しても腹が立つのだろう。その声の端々から憤りが感じ取れる。

「で、我慢できず反発した結果『代わりなんていくらでもいる、嫌なら辞めろ』って言われたから、なら独立してやる！って」

「はは、その勢い静らしい」

思わず笑ってしまうと、静もつられるように笑う。

そっか。静は依頼者の気持ちに寄り添った弁護士でいたいと願っているんだ。

そのまっすぐさが、先日仕事中に彼が見せた誠実な眼差しに現れていたのだと思う。

「でも独立って、勇気いるでしょ？」

「もちろん。けどふたりは、そんな俺に賛同してついてきてくれたから。そんな彼女たちのためにも、いっそうがんばらなきゃって思えたよ」

花村さんと壇さんも同じ迷いを抱えていたのだろう。そしてきっと、そんなふたりの背中を押したのは静のブレない気持ちや真摯な姿勢。

「ここで、いろんな依頼者ひとりひとりの悩みと向き合って、一緒に解決していけることがうれしいんだ。それだけは、これから先どれだけ事務所の規模が大きくなろうとも絶対譲れない」

大手から抜けて独立するのは、勇気がいっただろう。怖いとか不安とか、様々な気持ちが押し寄せたと思う。

だけど静はそれでも自分の譲れないもののために、踏み出したんだ。

今でも、前を向いて。

「すごいなぁ……静は、ちゃんと前を向けていて」

本心からぽつりともらした言葉に、静は少し照れくさそうに笑う。

「なに言ってんの。入江にだって譲れないものがあるから、まだ会社に残ってるんでしょ」

それは、昼間の話の続きのよう。

私にも譲れないものがあるから、会社を辞めることなく残ってる……なんて、そんなの。

答えに詰まり、グラスの中のレモンサワーをひと口飲む。

そして、小さく炭酸を吐き出すように声を漏らした。

「……どう、だろ」

静の言葉に対して出てくるのは、曖昧な答え。

譲れないもの、なんてそんなかっこいいものが私の中にあるのかな。

……ううん、きっとない。

「これまで自分がやってきたことを無駄にしたくないとか、逃げたら負けだとか、そんな自分本位なプライドしかないのかも」

私の中にあるものは、自分のことしか考えていない感情ばかり。

誰かのためを思う静とは、まるで違う。そんな自分が情けなくて、かっこ悪くて、手にしていたジョッキを置いてうつむく。

静が、どんな顔をしているか見るのが怖い。見損なわれてしまうんじゃないかとか、そんな不安が胸をよぎる。

「そういえば思い出したんだけどさ。入江、高三の時バスケ部の試合でゲーム終了ギリギリにゴール決めたことあったよね」

「え？」

ところが、静が突然切り出したのはまったく関係ない話題だった。

唐突すぎて意味がわからず思わず顔を上げると、静はこちらを見て穏やかな笑みを見せている。

その表情は、まるで『見損なったりしない』とでも言ってくれているかのようで、安心感がこみ上げた。

「そ、そういえばそんなこともあったかも……けど、なんでいきなり？」

「いや、ふと思い出してさ。あの時入江、顔面から転んで鼻血出しながらもゴール決めて、試合は勝ったけど大騒ぎだったなぁ」

鼻血を出した私の姿を思い出しているのだろう。静は、テーブルの上のサラダを小皿に取りながらおかしそうに笑う。

……そんな恥ずかしいこと、忘れてほしい。当の私ですらすっかり忘れていたことなのに。

それは、高校三年生の春。その日学校の体育館で行われたバスケ部の試合は、夏の大会に向けて絶対勝っておきたい試合のひとつだった。

相手は格上だったけれど、全員で必死に食らいついて攻防し、迎えた試合終了一分前。私たちは惜しくも一点差で負けていた。

なんとか点を取りたいと無我夢中でボールを取り合った際転んで、床に思いきり顔をぶつけたけれど、それでもあきらめきれなかった。

走って、ボールを奪って、ゴール目がけてシュートした。そのボールは奇跡的にゴールに入り、私たちの学校は試合に勝つことができたのだった。

「あの時も入江言ってたよね。『あきらめて、これまでの努力を無駄にしたくなかった』って」

……そう、いえば。

あの試合を静もほかの部員たちと見ていて、試合の後、体育館の端で鼻を冷やしていた私に彼は声をかけてきた。

『そんな怪我してまで必死にならなくてもよかったんじゃない？』

『……だって勝ちたかったんだもん。あきらめて、これまでの努力を無駄にしたくなかったの』

負けたって、努力は無駄にならない。必死にやってそれでも勝てなかったとしたら、納得できる。でも、あきらめるのは違う。

ユニフォームを鼻血で汚して、鼻を赤くして言った私に、あの時も静は優しく笑っていた。

『入江、かっこよすぎ』

その言葉に、私の気持ちは間違っていないと思えたんだ。

あの日と変わらない笑顔で、静は言葉を続ける。

「自分本位だっていいじゃない。その気持ちが入江にとっての譲れないものなんじゃない」

その言葉に、どうして彼が突然その話をしたのかがようやくわかった。

『これまで自分がやってきたことを無駄にしたくないとか、逃げたら負けだとか、そんな自分本位なプライドしかないのかも』

私のあの言葉を、肯定してくれている。

過ごした日々を無駄にしたくないと思うことは、悪くないって。そう言ってくれている。

「それに、入江のそういうがんばり屋で頑固なところ、俺は好きだよ」

静はそう言って、サラダを盛った小皿を私の前にそっと置いた。

目尻を下げ細めた瞳、口角を持ち上げた薄い唇。その笑顔はやっぱり、あの頃となにひとつ変わらない。

立場が変わっても、関係が変わっても、そんな甘いことを言って受け入れてくれるから。いちいち胸がときめく。

トクンと胸の奥から聞こえた鼓動を聞こえないフリをするように、私はジョッキの中身をぐいっと飲んだ。

それから、私と静は高校時代の思い出話や同級生の話を中心に、二時間ほど話し続けた。

だけどその間お互いに付き合っていた時のことを話すことはなく、まるであの二ヶ月間がなかったかのように思えてしまった。

「ありがとうございましたー！」

食事を終え、店員の元気な声に見送られた私たちは、店を出て大通りを歩く。

「ふう、食べた食べた」

「おいしかったね。また今度、壇さんたちとも来たいな」

……なんて、一見普通に話してはいるけれど、実は結構酔ってしまった。

だって、静がときめかせたりするから。その気持ちをごまかそうとついついお酒に逃げてしまい、気づけば結構な量を飲んでいた。

顔にはあんまり出ない方だから静には気づかれていないと思うけど……。だいぶふわふわしているし、タクシー拾って帰っちゃおう。

「じゃあ、私ここで……」

近くの駐車場に車が置いてある静とここで別れようとした。けれど静はそれを遮るように言う。

「入江、今実家住みだったよね。ちょうど俺の帰り道の途中だし、送ってくよ」

「えっ、でも」

「いいから。おいで」

静は少し強引に駐車場へ向かうと、黒い車の助手席に私を乗せた。

そして静も隣に乗ると、エンジンをかけゆっくりと夜の横浜の街を走り始める。

多くの人や車が行き交う街を、静は慣れた様子で丁寧に抜けていく。車の心地よい振動についうとうととし始めた私に、静はそっと手を伸ばし、頭をそっとなでた。

「家着いたら起こすから、少し寝てていいよ」

「え……？」

「だいぶ酔ってるみたいだから」

……気づかれていた。静は、なにからなにまでお見通しだなぁ。

そしてそれに甘えてしまう自分が、情けない。けれどそれ以上に安心感がこみ上げて、私は肩から力を抜いて目を閉じた。

微かな車の振動と、静かなエンジン音が心地よい。ほのかに漂う香りは、清潔感のある香水の香りで、彼をまた大人に感じさせた。

だけどこうして安心して甘えてしまうのは、きっと懐かしさのせい。時折感じるときめきもうれしさも、あの頃の思い出に浸っているだけだ。

……今の私は、初恋という思い出に逃げているだけなのかもしれない。

だって、現実は向き合えないくらいに苦しい。

静は今の私を肯定してくれた。けれど、私自身は自分が情けなくて仕方がない。ときめくたび、恋心を思い出すたび、頭に上原さんの姿がちらつく。もう未練なんてない。好きだなんて気持ちもない。だけど、すっぱり断ち切って忘れられるほど強くもない。

そんな感情に引きずられて、これまでやってきた仕事を投げ出すことになった。中途半端に投げ出すならいっそ、すべて捨ててしまえればいいのに。

自分がどうしたいのかもわからない。すべて曖昧で中途半端。頭の中がぐちゃぐちゃに入り乱れて、感情が一気に押し寄せてくる。

苦しい、つらい、悲しい。

それらの気持ちを表すように、涙がひと粒こぼれた。

「……入江、大丈夫？　気持ち悪い？」

その涙に気づいたように、静は濡れた頬をそっと指先で拭う。

どこまでも、優しい人。

その温もりに、もっと触れたい。甘えたい。

なのに、頭によぎるあの日の上原さんの声が、また私を暗い世界に突き落とす。

『……ごめん。俺、果穂のこと選べない』

さよならよりも残酷な、ひと言だった。

「……上原、さん……」

静かな車内で小さくつぶやいた名前は、別れを告げられたあの日以来初めて口にしたもの。

車のエンジン音でかき消されて、彼の耳に届きませんように。

ぼんやりとする意識の中、ただそれだけを願っていた。

夕日

静とふたりで食事に行った翌日、火曜日の朝。私はぐったりとしながら、自宅の洗面所で顔を洗っていた。

「はぁ……体が重い」

昨夜は、お腹いっぱい食べてしまったうえに飲みすぎた。案の定軽く二日酔いだ。

それに加え、気まずさもあってさらに体が重くなる。

車の中では酔いと眠気で頭の中がぐちゃぐちゃだったけど、今朝起きて思い出した。

私、静の前で上原さんの名前呼んだよね……！

最悪だ。よりによって、元カレの前でほかの元カレの名前を呼ぶなんて。しかも、ほんの少しとはいえうっかり泣いてしまったりもして。お酒の力って恐ろしい……。

……まぁ、だからといって静がとくに気にすることもないと思うけど。

私が泣こうが、誰の名前を呼ぼうが、静には関係のないことだ。気にする理由なんて、ない。

それもそれで、またどこか寂しく思うのはどうしてだろう。

ため息交じりで顔を洗い終え、身支度を整える。

服を着替えて、髪を巻いて、メイクをして……仕上げに口紅を塗ろうとメイクボックスを見ると、そこには今日も赤色ばかりが並んでいる。

結局まだ、私は赤色の口紅ばかりを塗っている。けれどこれは未練じゃないこともわかっている。

上原さんに対して、まだ好きとか、やり直したいとか、そういう気持ちはいっさいない。浮気を知ってから、恋心なんて見る見るうちに冷めていったし。

だけど、なんであの子なんだろうとか、私のどこがダメだったんだろうとか、どうして気づけなかったんだろうとか。ひとつひとつの疑問が、心をグラグラと揺さぶって不安定にする。

彼を問いつめることもせず、すがることもしなかった。そうしてあっけなく終わった恋を、うまく消化できずにいるんだ。

胸の奥にトゲが刺さるようなチクリとした痛みを感じながら、私は今日も赤い口紅をそっと引いた。

自宅を出て事務所へ行くと、そこにはすでに花村さんと壇さんのふたりが出社していた。

ふたりに挨拶をして、自分のデスクに着くと、花村さんは申し訳なさそうな顔でこちらを見た。

「昨日はごめんなさいね。果穂ちゃんの歓迎会だったのに……都子も行けなくて、結局伊勢崎先生とふたりだったんですって？」

「はい。ごちそうしてもらっちゃいました」

笑って答えると、一方で壇さんは不満げに口をとがらせる。

「いいなー、私なんて深夜まで話し合いに付き合ってたっていうのに。伊勢崎先生は嫌がらせのように焼き鳥の写真送ってくるし」

あれから深夜まで……弁護士って大変だ。

お疲れさまでしたと、苦笑いがこぼれてしまう。

ていうか静、本当に壇さんに写真送ったんだ。壇さんは憎ったらしいというように、わざと大げさに舌打ちしてみせる。

けれど、壇さんはふと思い出したように「あっそうだ」とバッグをあさる。

「ほら、見て見て。イズ・マインのグロス！」

そう言いながら彼女が見せたのは、真っ赤なグロス。黒いキャップに筆記体で『is《イズ》

mine《マイン》』と書かれたそれは、うちのメーカーの定番商品だ。

「昨日果穂の話聞いて、そういえば私もここのグロス持ってた気がするなーって思い出して久々に使ってみたの」

壇さんの唇には、はっきりとした赤色のグロスがほのかにラメを含みながら艶めく。その色は、大人の女性といった壇さんの雰囲気によく似合っている。

「いいですね、その色。壇さんに似合ってます」

「ええ、都子色が白くて綺麗だからはっきりした色が似合うわよね」

お世辞抜きでふたりで褒めると、壇さんはうれしそうに笑った。コロコロと変わる表情が、ちょっとかわいらしい。

するとその目は、私の唇へ向けられる。

「けど思えば果穂もいつも口紅赤だよね」

「たしかにそうね。なにかこだわりでもあるの？」

「あー……こだわりというか、なんというか」

ふたりの疑問に、まさか『元カレの好みで』なんて言えるはずもなく、どうしたものかと言葉を濁す。

するとちょうどそこに、事務室のドアがガチャリと開けられた。

顔を見せたのは静で、今日もきっちりとネクタイを締めた彼は話し込む私たちに目を向けた。

「なに盛り上がってるの?」

「コスメの話。いい色でしょ」

「うんたしかに、壇さんその色よく似合ってる。じゃ、仕事しよっか」

壇さんが見せるグロスに、静は笑って言いながら私のデスクに書類を置いて部屋を出ていく。その様子はいたっていつも通りだ。

昨日の車内での私の発言、聞こえてなかったのかな。それならそれでひと安心。

そう安堵の息をこぼし、私も仕事に取りかかる。

よかった、静に聞かれていなくて。まぁ、上原さんのことをたずねられたところで、元カレだなんて言わなければわからないだろうし、ごまかしてしまえばいいだけなんだけど。

いや、私のことだからすぐバレてしまいそうな気もする。

そんなことを思いながら、今日の予定を確認するべくホワイトボードを見る。

今日は、花村さんと壇さんはお昼から外出で直帰。静は十一時と十三時から一時間ずつ無料相談が入っていて、それ以降は珍しく来客なしだ。日によっては一日に何人もの依頼人が来て繰り返しお茶出しをしているのに。

スケジュールを確認しながら、そういえばと以前から気になっていたことを聞いてみることにした。

「相談とか依頼って女性が多いんですか？」

「なによ、いきなり」

「いや、いつもお茶出ししながら思ってたんですけど、男性より女性のほうが圧倒的に多い気がして」

そう、毎日来る依頼人のほとんどが女性なのだ。こんなにも女性ばかりが集まるなんて、どうしてだろうと思っていた。

その疑問をなげかける私に、花村さんはうーんと考える。

「どうかしら……あ、でも伊勢崎先生の依頼人は女性が多いかもしれないわね。とくにうちは相談無料だし」

その言葉の意味がわからず首をかしげると、すかさず壇さんが言葉を付け足す。

「せっかくタダで話聞いてもらえるなら、女よりイケメンのほうがいいでしょ」

「あー……そういうわけですね」

この弁護士事務所は、初回二時間までなら相談料無料。そこで、同性である壇さんに聞いてもらいたい人もいれば、イケメンの静を指名する人もいるのだろう。

たしかに、そりゃあモテるよね。顔立ちは整っているし、物腰もやわらかい。それに加え事務所を持つ弁護士ともなれば。

高校時代もモテていたけど、その人気は今でも健在ってことだ。

「伊勢崎先生、あんなにモテるのになんでまだ独身なのかしら。ここ何年も彼女もいないらしいし」

「そうなんですか？」

「仕事も忙しいし、きっと余裕ないのよ。それより都子も彼氏いないし、伊勢崎先生のことより自分の心配したほうがいいんじゃない？」

笑顔で痛いところを突くように言う花村さんに、壇さんは「うるさい」と口を尖らせた。

静、独身だろうとは思っていたけど、彼女もいないんだ。しかも何年も。

あれだけモテればよりどりみどりだと思うんだけど……。

いや、実は彼女という存在ではないだけで遊び相手はいっぱいいるとか？　いやいや、でもそれって弁護士としてどうなの？

それか本当に、ただ単に仕事が忙しくて余裕がないだけ……。

そんなことを考えながら事務作業に打ち込んでいると、気づけば時計は十一時を少し過ぎてしまっていた。

はっ、まずい。お茶出ししなきゃ。

急ぎ足で給湯室へ向かいコーヒーを入れて、相談室へ向かう。

ガラス張りの個室は、今日は珍しくブラインドが下げられ中が見えないようになっている。

そういえば、相談しているところを見られたくないからって、ブラインドを下げてほしいと望む人もいると花村さんが言っていた。今日の人もそういう人なのかな。

そう思いながら、ドアをコンコンとノックする。

「失礼します」

そしてドアを開けて、室内を見る。が、そこにあったのは、テーブルを挟んで座り話をするふたりの姿、ではなく。部屋の端で静の胸に抱きつく女性の姿だった。

予想外のその光景につい唖然とする私に、静は困ったように両手を上げたまま。なにもしてません、触れてすらいませんといったポーズをしている。

えーと……この光景は、つまり。

「……す、すみません。お邪魔しました」

「って待って待って！　誤解だから！」

ふたりの時間を邪魔してしまった。コーヒーをテーブルに置いてすぐ去ろうとする私に、静は全力で否定する。

「吉井《よしい》さんも落ち着いて！　ね！　いったん離れて、座りましょう！」

そう女性をなだめ、静はそっと彼女から距離を取る。彼女はクスンと泣いている様子だ。

うわぁ……なんだか面倒くささそう、巻き込まれないようにしよう。

頭の中で判断し、今度こそ部屋を出ようとした。けれど静は、そんな私の肩を掴み引き止める。

「あっ、そうだ！　入江、パラリーガルの君に相談内容を記録してほしいから、依頼人の方のお話を一緒に聞いてもらってもいいかな？」

「はい？」

私がいつからパラリーガルに？

怪訝な顔でそう言いかけた私に、静は『お願い！　ふたりきりにしないで！』といった目を向ける。

そんな必死な姿がもはやかわいそうで、私は彼の言葉を否定することなく「……かしこまりました」と返して、その場に残ることにした。

私という味方がついたことで安心したのか、静は少しよれたジャケットの襟をピンと正しながら彼女のほうを見た。

「すみません、吉井さん。それではここからは彼女も入れて三人でお話ししましょう」

「えっ……私、伊勢崎先生に聞いてほしくてきたんですけど」

「ですが相談内容によっては同性の彼女のほうが適任かもしれないですし。それとも、ほかの女性弁護士がよろしいですか？」

にこりと笑みを浮かべて言う静から、彼が守りの姿勢に入っていることはあきらかだ。女性もそれを察したらしく、一瞬で涙を引っ込める。

「……もういいです。やっぱり帰ります」

そして、テーブルの上のコーヒーに手をつけることもなく、彼女は足早に部屋をあとにした。

ふたりきりになった部屋で、バタンと閉じられたドアの音を聞きながら静は小さく息を吐く。

「ふぅ、助かった。入江ありがとね」

「いつから私、弁護士の卵になったんでしょうか」

「ごめんごめん。あれ以上彼女とふたりきりになるのはまずいと思って」

静はそう言いながら、立ったまま私が持ってきたカップを手に取りコーヒーをひと口飲んだ。

「人目が気になると話しづらいっていうからブラインド下げたのに、まさか泣きだしたうえ、立ち上がりこっちに抱きついてくるとは思わなくて」

近づいてきた彼女に対し、静も立ち上がり逃げるように後退して、壁際まで追い込まれてあの構図になったのだろう。

あの人のように、困っていて相談に来るというより、イケメン弁護士との出会いのきっかけづくりのために来る人もきっといるのだと思う。

「引き離してちゃんと断ればよかったんじゃないですか」

「ああいう人は自分から触ったら余計騒ぐから。逃げるに限る」

「とかいって、実はまんざらでもなかったんじゃないですか」

どうしてか、ちょっと嫌みっぽい言い方になってしまう。

次の瞬間、静に視線を移すと、彼のワイシャツの襟に肌色の汚れがついているのが目に入った。きっとファンデーションだろう。先ほどの女性が抱きついたときに触れてしまったのだと思う。

「襟、ファンデーションついてますよ」

「えっ、嘘！　新品のシャツなのに」

右襟を指差す私に、静はそこを慌てて手ではたく。けれどしっかりついてしまっており、はたいただけでは落ちそうにない。

リキッドファンデーションかな。それなら……。

「ちょっと待っててください」

私は静にそう言うと、一度部屋を出て給湯室へ向かう。そしてティッシュを濡らし、そこにハンドソープを含ませたものを手に再び静のもとへ戻った。

「失礼しますね」

静の前に立ち、襟に先ほどのティッシュをあてて、それから乾いたハンカチでトントンと叩いて油を浮かせる。濡れた跡は残ったけれど、それさえ乾けばファンデーションは綺麗に落ちているだろう。

新作ファンデーションを試用するたびに、何度こうして汚れを落としたことか。その時の経験がこうして活かされるなんて。

「よし、あとは乾けば大丈夫」

「へぇ、すごい。洗濯しなくても落ちるんだね」

「ファンデーションは油だから、洗剤で浮くんです」

そう言いながら顔を上げると、静の顔はすぐ目の前にある。思っていた以上に近づいてしまっていたことに気がついて、私は慌てて二歩下がった。

ち、近かった……。

汚れを落とすのに無意識に近づいていてしまっていた。なのに、意識した途端恥ずかしくて、またドキドキとしてしまう。

そんな自分を見られないように、彼に背中を向けコーヒーを片づけながら話題を逸《そ》らす。

「けどさすが、弁護士先生はモテるんですね」

「みんな『弁護士』って肩書きに惹かれてるだけだよ。弁護士なんて、恨み買うことも多いのにね」

静はとくに浮かれる様子もなく、まつ毛を伏せて小さく笑う。

「けど、たとえどんなに美人から泣きつかれても、俺は依頼人を恋愛対象になんてしません」

「どうですかね。そのわりにはデレデレしてましたけど」

あぁ、また。意地悪い言い方になってしまう。

なんでだろ。静がモテようが、抱きつかれようが、そんなの私には関係ないはずなのに。なんでこんな態度をとってしまうんだろう。

すると、突然背後に彼が近づく気配がする。うしろ髪を指に絡めるようにそっと触れられるのを感じて、胸がドキリと音を立てると同時に全身が緊張した。

「ずいぶん突っかかるけど、もしかしてヤキモチ？」

「な、なに言って……」

「安心して。好きな人以外興味ない」

静は耳のそばでそうささやくと、私の横髪にそっとキスをひとつ落とした。

彼の行為とその言葉に思い出してしまうのは、以前静が言っていたこと。

『俺は今でも、入江のこと好きだけど』

あんなの、からかっているにすぎないとわかってる。

今もただ、私が反応するから試しているだけで。元彼女、高校時代の同級生、それ以上の感情はないってわかっているのに。胸は強くときめき、揺れる。

「私まだ仕事がありますから！」

こみ上げる熱に耐えきれず、カップをのせたトレーを手にすると私は部屋から逃げ出した。

な、なに今の……！

今頃彼は、私の大げさな反応にひとり笑っているのかもしれない。だけど冷静に流すことなんてできない。耳に声が残って、熱い。

ていうか、静って平然とああいうことするようなタイプだったっけ……。

少しの間、給湯室でカップを洗いながら全身の熱を冷ます。そしてようやく平常心を取り戻すと、事務室へと戻った。

仕事して気持ちを落ち着けよう……。

そう思いながら席に着き、デスクの上のスマートフォンをなにげなく見る。するとそこには『不在着信一件』の文字が表示されていた。

電話……誰だろ。

映美かなと着信履歴を見る。ところがそこに表示されていたのは【上原さん】の名前だった。

え……上原、さん？　なんで今になって、電話なんて。

その名前を見た途端、脳内にあの日の記憶が一気によみがえる。

幸せだった日々、それが一瞬で崩れた日。

『……ごめん、果穂』

去っていく背中を思い出すだけで、胸が強く締めつけられる。

震えだす指先で画面に触れて、私は電話をかけ直すことなく、着信履歴を削除した。

忘れたい。こんな自分の、弱さも情けなさも、誰にも見られたくない。

……静には、とくに。

胸の中で小さくつぶやいて、スマートフォンをバッグにしまうと仕事に戻った。


それから私は、事務作業や掃除など慌ただしく一日を過ごした。けれどそれでも気持ちはモヤモヤとしたまま、晴れることはない。

十六時過ぎ、ひとりになった事務室で頭に浮かぶのは、上原さんから連絡があったこと。着信履歴を消しても、まだ心に引っかかっている。

……なんの用だろ。やっぱり、仕事辞めるか戻るかはっきりしろって話かな。

向こうからすれば、私が辞めてくれたほうが安心なんだろうけど。

『ごめん、これ以上騒ぎになる前に辞めてくれないか』

考えれば考えるほど、どんどん記憶がよみがえる。そのたび、胸が痛くて息苦しさが増す。

「……郵便物、出してこよう」

外の空気を吸って少し気持ちを落ち着けよう。今は所長室に静もいるし、電話番も大丈夫だろう。

そう思い、封筒を手に事務所を出る。

そして廊下に出てエレベーターに乗ろうとボタンを押すと、ほどなくしてドアが開いた。するとそこから現れたのは痩せ型のショートカットの女性。

あれ、この人どこかで見た覚えが……。

そう思いながら彼女と目が合った瞬間、思い出す。彼女が以前、噴水のところで静に怒っていた女性だということ。

怒鳴りバッグを振り回していた姿を思い出してゾッとする。

どうしてこの人がここに？

もしかしてまた静に話をしに？　どうしよう、戻って静に教えたほうがいいかな。

そう考えていると、彼女は私の首にかかった名札に目を止める。

「あ、ここの方？　今日伊勢崎先生いるかしら」

「えっ、あの、えっと」

私のことはまったく覚えていないらしい。

一見冷静に言っているようだけれど、目が据わり、精神的に不安定なのはあきらかだ。この状況の彼女を静に会わせるのは危険だ。

「ご用件をお伺いしてもよろしいですか？」

「話があるの。いるんでしょ？　出して」

「すみませんが、ご予約のない方はお断りしております。また改めてご予約をいただいて……」

そう丁重に断り帰らせようとした。ところが女性は目を見開く。

「うるさい！」

そして怒鳴ると、両手で私の肩を掴む。

その細い指からは想像できないくらいの強い力がこめられ、肌に食い込んで痛い。

「あいつのせいで私は旦那と別れることになって、子供も取られて、不倫相手にも逃げられて……文句でも言わなきゃ気が済まないのよ！」

『あいつのせいで』

女性の言葉が引っかかる。

静の、せい？

彼女が離婚することも、子供と離れることも、不倫相手と別れたことも。

……ううん、そんなのおかしい。

「本当にそうなんですか？」

「え？」

「本当に彼が悪くて、あなたに非はないんですか？」

こんな言い方で、彼女を逆上させてしまうかもしれない。そんなことはわかっている。だけど、どうしても見逃せなかった。

だって、静はあんなにも依頼人のことを思って仕事をしている。彼女の件だって、旦那さんの気持ちに寄り添って動いた結果だろう。

なのに、そんな彼を悪く言われて納得できるわけがない。

その一心で、女性をまっすぐ見つめた。

すると彼女は顔をゆがめ、感情に任せるように私の体を思いきり突き飛ばした。されるがまま、私はその場に勢いよく尻餅をつく。

「あんたになにがわかるのよ！　そもそも旦那が悪いの！　仕事ばっかりで、魅力もなくて……だから私はほかの人を好きになったの。優しい彼を選んだの！」

「そんなの言い訳っ……」

「浮気なんてね、されるほうが悪いの！　されたくないなら心を引き留める努力をするべきなのよ！」

頭上から降りかかる彼女の言葉に、この胸がズキンと痛んだ。

……浮気なんて、されるほうが悪い？　相手を裏切ったのは自分なのに、それでいて開き直って、相手が悪いと押しつける？

その態度が、言葉が、あの日の彼に重なった。

『……ごめん。俺、果穂のこと選べない』

『けど果穂だって仕事続けたいって言ってたし、結婚とか考えてなかっただろ？』

『そういうところが、あの子とお前じゃ違うなって』

頭がグラグラする。あの日の衝撃を思い出して、気持ち悪い。

息ができない、苦しい。

「なにしてるんですか」

その時、落ち着いた声が廊下に響く。顔を上げると、彼女と座り込む私を見て、珍しく怪訝な表情を見せる静が立っていた。

「し、ずか……」

女性は静を見た途端、勢いそのままに詰め寄った。

「ちょっと、旦那に離婚撤回させなさいよ！　子供も返して！」

「そちらの件につきましてはお断りいたします。どうしてもということでしたらそちらも弁護士を連れてきてください。何度もそうお伝えしていたはずですが」

静ははっきりと、厳しい口調で言いきる。

「今日のところはお引き取りください。事務所の者にまで危害を加えられるようでしたら、警察を呼びますよ」

これまで穏やかな物言いをしていたであろう静から放たれた強い口調と『警察』という言葉に、女性は怯《ひる》んだようで、険しい顔のままその場を逃げ去っていった。

ふたりになり、静はすぐこちらへ駆け寄る。

「入江、大丈夫？　どこか怪我とかしてない？」

「うん、大丈夫……」

そう答えて、なんともないフリをしたいのに。うまく呼吸ができない。あの女性と彼が重なって、別れを告げられた時の悲しさや苦しさが一気に押し寄せる。

だんだんと喉が締まる。肺が詰まったような感覚を覚え、呼吸が短く激しくなっていく。

「入江⁉」

『大丈夫』、そのひと言すら出てこない。代わりに出るのは「ハッ、ハッ」という細切れの息だけ。過呼吸を起こしているのが自分でもわかった。けれど、どうしていいのかがわからない。

息ができない、苦しい。でもどうしたらいい。パニックになってしまい全身から汗が噴き出す。

「入江、ちょっとごめんね」

するとそんな中、静はそっとささやいて私の背中へ腕を回す。

そしてお姫様抱っこの形で持ち上げると、そのまま事務所へ運び、所長室のソファに座らせた。

「大丈夫、大丈夫だから。ゆっくり息しよう?」

やわらかなソファの上、静はそう言って優しく私の背中をなでる。

「ゆっくり息を吐いて。——吸って」

私の呼吸を整えるよう、ゆっくり声をかけてくれる。それに合わせて呼吸を繰り返すと、徐々に落ち着きを取り戻していった。

しばらくして、ようやく呼吸が落ち着いた私に、静は給湯室の冷蔵庫から持ってきた水のペットボトルをキャップを開けて手渡した。

それをひと口飲むと、水の冷たさが喉の息苦しさをすっきりと溶かしてくれる。

「大丈夫? 落ち着いた?」

「……うん、ありがと」

息を深く吐いて、にじんだ汗をハンカチで拭う。

「過呼吸起こすって、よっぽど怖かったよね、巻き込んで本当にごめん」

「……ううん、そうじゃなくて」

責任を感じているのだろう。申し訳なさそうに言う静に、小さく首を横に振った。

違う、静のせいじゃない。私が勝手に上原さんと女性を重ねて、ショックを受けただけ。

だけど、それをうまく説明する言葉も出てこない。

「……ちょっと、驚いただけ」

そのひと言で隠して、ほかはすべてのみ込んだ。

いつからこんなに、弱くなったんだろう。

着信ひとつに指先が震える。思い出すだけで息が苦しくなる。彼の存在が、自分の中で大きな闇になっていく。

その闇に心を覆われてしまわないよう、ハンカチをぐっと握った。

そんな私に、静はなにかを察したようにそれ以上深く問いつめることはなかった。

むしろ、その話題を終わらせるように、優しく頭をぽんぽんとなでる。

「入江、ちょっと気分転換しようか」

「え？」

気分転換……？

静はそう言うと、荷物をまとめ車のキーを手にして私を連れて事務所を出る。

「よし、今日はこれで仕事おしまい」

「まだ仕事中なのに、いいの？」

「今日だけ特別。予定もないし、電話があれば俺の携帯につながるし。たまにはいいでしょ」

いたずらっぽく笑って建物を出ると、そのまま近くの駐車場へ向かう。

そして、黒い乗用車に足を止めると、助手席のドアを開けて私に乗るよう促した。

「車でどこ行くの？」

「内緒。着いてからのお楽しみ」

静が運転席に乗ると、すぐに車はすべり出した。そして丁寧な運転で街を抜けて、走ること十分弱。

「はい、到着」

やって来たのは横浜駅からほど近い、有名なシティホテルだった。海辺に佇み、真っ白な外観がラグジュアリーな雰囲気をまとい、どこか高級リゾートのような異国情緒を漂わせている。

そのホテルに入り、静はフロントに声をかけなにやら会話を交わす。そしてそのままメインエントランスを抜けると、一番奥の扉をくぐり屋外テラスへ出た。

見渡すと、そこには一面横浜港が広がっていた。果てしなく続く壮大な海に、視界が一気に開けた気がした。

少しぬるい潮風を肌で感じながら見渡す景色の中、夕方ということもあり人はほとんどいない。

「いい景色……風も気持ちいい」

「でしょ？　ここのホテル、夏だけ屋外テラスを解放してるんだ。俺ここの景色が好きで、この時期、時間があると見にきてるんだよね」

波の音に導かれるように欄干のほうへ近づこうと、歩きだす。けれど一段低くなった段差に気づかず、踏みはずし転びそうになってしまう。

すかさず静が私の肩を抱き、ギリギリ転ばずに済んだ。

「危ない。気をつけて」

「……ごめん、ありがと」

筋肉質のしなやかな腕は私の体をしっかりと支えてくれる。その力強さにときめきを覚えた。

静は私の体勢を整えると、先日同様そっと手を差し伸べる。

昨日は触れることのできなかった手。でも今日は甘えてみようかな。

勇気を出して、私は恐る恐るその手を取る。ぎゅっと握った彼の手は大きく、この手を簡単に包んでしまった。

静と手をつなぎ欄干の前から海を見つめる。夕方の海は水面にオレンジ色が反射して、キラキラと美しく輝く。

夏の夕方の海辺と、静の姿。この景色、前にも一度どこかで……。

そう考えてふと思い出した。静と付き合っていた頃、一度だけふたりで海に行ったことがあったこと。

それは付き合って一ヶ月ほどが経った八月頭。女子バスケ部は夏の大会で負け、私たち三年生は引退した。

それまで部活ばかりをしていた私は、その毎日がなくなるということに対し、うまく気持ちを切り替えられなかった。

補習を受けても、友達と話しても、気持ちが自然と沈んでいた。そんな私に、ある日の補習帰り、静は優しく言ってくれたのだ。

『入江、いいもの見せてあげるから自転車のうしろ乗って』

『え？　いいもの？』

言われるがまま彼の自転車のうしろに乗ると、静は自転車を漕ぎ出した。

駅前を過ぎ、通りを抜けて、自転車は徐々に海岸方面へ進んでいく。

『静？　ちょっと、どこ行くの？』

聞いても静は答えてくれなくて、ただひたすらペダルを漕いだ。

そして二十分近くかかっただろうか。たどり着いた先は人けのない海岸だった。

砂浜の先に広がる大きな海。その水面を十五時の太陽が照らすのを見ながら、自転車を止めて砂浜に下りると、スニーカーの底が歩くたび沈むのを感じた。

『ねぇ、静。なんで海？』

『海ってテンション上がらない？　せっかくだしちょっと遊ぼうよ』

『そんな、子供じゃあるまいし……』

そう言いかけた私の顔に、静は海水をバシャッとかけた。

『ちょっとなにすんの！　濡れた！』

『濡らしたからねぇ。悔しかったらかかっておいで』

その挑発にまんまと乗った私は、静に海水をかけ反撃した。

それから互いに水をかけ合い、気づけば靴も脱がず、お互い全身びしょ濡れになるまではしゃいだ。

ニットのベストが水を吸って重いし、靴の中も濡れて気持ち悪い。だけど思いきり笑って、いつの間にか心にあった沈む気持ちはどこかへいってしまったようだった。

それまで、ふたりきりだとうまく会話ができなかった。ぎこちない気持ちは、静にもあったのだろう。だけど私を励ますために、あえて静はいつも通りでいてくれた。

海にまで連れ出して、笑わせてくれた。そういうところがまた、好きだって強く思った。

帰り道、夕日に向かってペダルを漕ぐ静の腰に腕を回した。そのときの彼の濡れた背中に感じた愛しさを、今でも思い出せる。

「……あの頃も一度、海に連れてきてくれたよね」

「うん。ちゃんと覚えてるよ」

同じ記憶が、静の胸にも残っている。そのことがうれしい。

変わらない海辺の景色と、潮の香り。あの日も見たオレンジ色の夕日。だけど、自転車は車になって、制服はスーツになって。私たちだけが変わっていく。

「学校から結構距離あったのに、よく自転車で、しかも私も乗せてこようと思ったね」

「若かったからなぁ。今じゃもうできないかも」

三十歳という年齢を感じながらしみじみと言う静に、思わず「あはは」と笑ってしまった。

不思議。さっきまであんなに苦しかったのに。今はこんなにも呼吸がラクだ。

静といると安心して、心が穏やかになれる。

……あの頃とは違う私たちだから。今なら素直に言える気がした。

握っている手にきゅっと力をこめてつぶやく。

「……ありがとね。あの日も今も、私のために連れてきてくれたんだよね」

あの日は落ち込んでいた私を励ますために、今日は苦しむ私の気持ちを入れ替えるために。静は、考えて動いてくれた。

きっとみんなに、同じように与えている優しさ。私にもそのひとつを与えてくれているだけ。そうわかっていても、うれしいよ。

その気持ちをこめるように微笑んだ私に、静は足を止めてこちらを見た。

「べつに、あの日も今も、入江のためにとかそんな大それた理由じゃないよ」

「じゃあ？」

「入江の笑顔が好きだから、笑ってほしかっただけ。入江の笑顔が見たい、俺が自分のためにしてるだけ」

私のためにじゃなく、自分のために。そんな言い方をしているけれど、それでもやっぱりうれしい。

私の笑顔が好きと、笑ってくれる。そんなまっすぐなまなざしに、胸の中に光が差した。

「変なの」

「変かなぁ」

ついくすくすと笑ってしまう私に、静も照れくさそうに笑う。

そんなふうにふたり笑いあっていると、私たちを包むようにテラスの明かりがふわりとついた。幻想的なその雰囲気の中、互いの手はつながれたままだ。

見上げると、頭ひとつ近く上にある静の顔。彼の茶色い瞳に、頬を染める私の顔が映り込む。

「……口紅、色落ちてる」

「え？　あ！」

まじまじと顔を見て言った静に、そういえば今日、ごはんの後、口紅を塗り直していないことに気がついた。

上原さんのことを思い出すのが嫌で、口紅を見ることすら嫌だったから……。

隠すように私は顔を下へ向ける。

「恥ずかしい、あとで塗り直すから見ないで」

「やだ」

「やだって、そんな子供みたいな……」

すると静は、ポケットからなにかを取り出したかと思うと、突然私の顎に手を添え顔を持ち上げる。

静のもう片方の手もとを見ると、そこには真新しい口紅。それをそっと私の唇に塗ってみせた。

「うん、やっぱり似合う」

私の顔を見つめて、静は満足げに笑う。

コーラルオレンジの色にほのかにラメが含まれていて綺麗なそれは、ゴールドのケースに『is mine』と書かれた、うちの会社の商品だった。

「なんで、これ……」

「今朝壇さんから聞いたんだけど、入江ここのメーカーで働いてるんだって？」

今朝……あぁ、あの話の流れで壇さんに聞いたのだろう。

「それで、お昼ごはん食べに外出た時に近くの百貨店で見て、入江にはこの色が合うんじゃないかなって買ってきた」

私のために……？

化粧品コーナーなんて、静自身は当然用などないだろう。だけど、私のために見て、選んで買ってきてくれた。その思いに胸が温かくなる。

「大人ぶった赤より、そっちのほうが絶対いい」

「そう、かな」

「うん。無理せず自然体でいる入江が一番綺麗だよ」

自然体の私が……。

赤い口紅を『大人っぽくていい』と褒めてくれた、上原さんとは真逆の言葉。その言葉がじんわりと胸の奥に染み渡った。

私は、今の自分が情けなくて嫌いだ。

だけど、静はこんな私を見ても笑ってくれる。弱さももろさも、優しさで包んでくれる。それがただ、うれしくて。言いようのない愛しさが湧き上がってきた。

「ありがとう……」

口紅を受け取り自然とこぼれた笑みに、彼もうれしそうに笑う。
そんなふたりを、夏の夕日は今日も赤く照らした。

体温

海辺で彼がくれた口紅は、夕日に溶けるようなコーラルオレンジの色。

それは今まで自分に押しつけていた色とは真逆で、鏡に映った自分はどこかやわらかな表情に見えた気がした。


水曜日の朝。今日も身支度を終えた私は、洗面所の鏡の前でそっと口紅を塗った。

いつもと変わらないベージュ系のアイシャドウに、ボリューム重視のマスカラ、濃く引いたアイライン。

ひとつ違うのは、唇に色づく色が赤色ではなく、血色のいいコーラルオレンジだということ。

それは、昨日静がくれた新しい口紅だ。

……うん。たしかにこっちのほうがナチュラルな印象だ。

思えば昔、初めて買った口紅もこういう色だった。あの頃はこの色が自分に合うと自信を持っていたはずなのに。気づけば上原さんに勧められるがまま、赤色に縛られていた。その色が、自分に合うかもわからずに。

いつの間にか、自分に合うものすら自分で見つけられなくなっていたんだ。

それを思い出させてくれたのは、静の優しさ。


家を出て、事務所のあるビルへ出社してきた私はエレベーターに乗り五階を目指す。

昨日は、楽しかったな。

あれから私と静は、日が沈むまで屋外テラスで穏やかない時間を過ごした。なんてことない他愛もない話をしたり、軽く食事をしたり。

ずっと手をつないでいたせいか、帰りの車の中でも、家に帰ってからも、静の手の感触が指に絡みついて消えなかった。

でも、もらった口紅を早速つけてきたとか思われたらちょっと恥ずかしいな……。

そう思いながら五階についたエレベーターを降り、事務所へ入っていく。

「おはようございます」

事務室に入ると、そこにはすでに花村さんと静の姿があった。仕事の話をしていたのだろう、書類を見ながら立っていたふたりはこちらへ目を向ける。

「おはよう、果穂ちゃん」

するとと花村さんは、私を見てはっとしたような表情になる。

「あら、果穂ちゃんなんか印象が……あ、口紅の色変えた？」

「はい、実は」

「いいわね。そっちのほうがやわらかい印象でよく似合ってる」

いつもの赤い口紅がよほど印象的だったのだろうか。花村さんは色の変化にすぐ気がつくと、自然に褒めてくれた。

『似合ってる』、その言葉がうれしくもくすぐったくて、照れてしまう。

そんな私と花村さんのやり取りを見て、静はどこかうれしそうに小さく笑って口を開いた。

「入江、今日ちょっと俺に付き合ってくれる？　たまには入江も外出しよう」

「外出ですか？」

突然の彼からの提案にキョトンと首をかしげる。

「うん。外回りに行くのに荷物も多いから補佐も欲しいし」

……〝補佐〟だなんて、それらしい言葉を使うけれど、つまりは荷物持ちが欲しいということ。

そうですかと、乾いた笑いで了承した。

「よし、そうと決まれば行こう。今資料持ってくるから」

静はそう言って所長室へ向かった。

ふたりその場に残されると、花村さんは口を開く。

「伊勢崎先生から聞いたわよ、昨日大変だったんですって？」

「大変というか……伊勢崎先生に、迷惑をかけてしまって」

「あら、迷惑だなんてひと言も言ってなかったわよ。むしろ果穂ちゃんがかわいくてしょうがないみたい」

え……？

その言葉の意味を問うように花村さんを見ると、彼女はメガネの奥の目を細めてふふとおかしそうに笑う。

「昨日の今日であの人がまた来たらと思うと心配、って言ってたから。それもあって自分の目の届くところに置いておきたいんだと思う。また来たら私と都子でどうにかするから、今日は外の空気吸ってきて」

花村さんはそう言って私の背中をぽんと軽く叩いた。

心配……だなんて。

荷物持ち、なんていうのは後づけで私のために外出しようと提案してくれたの？

そこまで自分のことを考えてくれる彼の気持ちが、またうれしい。

「お待たせ、行こうか」

そして少ししてから、茶色い鞄と紙袋を手にした静が戻ってくると、私たちは事務所をあとにした。昨日同様、駐車場に止めてあった黒い車に乗り、静とふたり横浜を出る。

「どこに行くんですか？」

「都内の企業回り。企業の顧問弁護士もいくつかやってるから、定期的にヒアリングしにいってるんだ。ちなみに今日は港区中心」

「へぇ……」

そういう仕事もあるんだ。手広いなぁ。

うなずきながら、窓の外の通り過ぎていく景色を見ると次第に車は人の多い街を抜け、ベイブリッジを渡る。白い夏雲が浮かぶ青空に思わず目を奪われていると、そのうち車は都内へ入りビルの間を走り抜けていく。

そして横浜を出てから三十分ほどが経った頃、新橋《しんばし》のコインパーキングに車を止めて、そこから近くの会社へ向かった。

「でも、弁護士でもない私も一緒に行って大丈夫なんですか？」

「うん。会社についたら、入江は秘書って形で紹介するから。あとは話に合わせて笑ってれば大丈夫」

小さな心配も、静は笑って拭い去る。

その笑顔がやっぱり安心するなぁ。つられるように笑うと、その隣を歩いた。

それからやって来たのは、駐車場からほど近くにある三階建てのビル。

『鷹島《たかしま》建設』と書かれたその会社のドアを、静は慣れた様子で開けた。

「こんにちは、弁護士の伊勢崎です」

「伊勢崎先生。お世話になります、奥へどうぞ」

女性社員に案内され、奥にあるガラス張りの応接間に入る。そして担当者だという男性社員が来ると、静は「こちらは秘書の入江です」と私を軽く紹介してから仕事の話を始めた。

まずは企業との契約状況の確認から、最近なにかトラブルはなかったか。現在の社内の勤務状況や業界事情などのヒアリングをおこなう。

けれどその間静は常に業務的ではなく、にこやかに、親しげに話を進めていく。相手も心を開くような、そんな和やかな雰囲気をつくれるのは静の武器だ。

「その点については折衷案を設けたほうがいいかもしれないですね。万が一のこともありますし」

「そうですね。やっぱり伊勢崎先生に言われると説得力があるなぁ」

問題に対しての静からのアドバイスにも、男性社員はすんなり受け入れうなずく。

ひと通りの話を終えたところで、出されたまま手をつけていなかったお茶を静はひと口飲んだ。

すると男性社員は、書類から顔を上げ私に目を留める。

「それにしても、伊勢崎先生が秘書の方と来られるなんて珍しいですね。あ、もしかして本当は奥様ですか？」

お、奥様⁉

まさかの発言に思わず「え！」と声が出る。

「まさか。本当に秘書ですよ」

けれどそれに対して、静はお茶を飲みながら落ち着いた声で否定した。

まさか、って。そうだけどさ、なんか失礼。

静の答えを疑うことなく、男性社員はうなずき笑った。

「でも素敵な弁護士先生につけていいですね、秘書さん。伊勢崎先生、うちの女性社員たちにもすごく人気あるんですよ」

「そうなんですか？」

「ええ。伊勢崎先生がいらっしゃると女性社員たちがみんなソワソワし始めるんですよねぇ」

男性社員の言葉にチラリと辺りに目を向けると、ガラス越しにあるオフィスからは女性たちの視線がこちらへ熱心に向けられていた。

ほ、本当だ……。

それは、静に対してのうっとりとしたものや狙うような眼差し。それとともに、私に対して『誰よあの女』というような厳しい眼差しも感じられて背中がチクチクと痛い。

「でも伊勢崎先生まだ独身なんですよね？　うちの社員の誰かとお見合いとかどうですか？」

「あはは、鷹島建設さんは美人ぞろいで僕にはもったいないですよ」

こういう会話にも慣れているのだろう。静は笑って軽く流す。

そんな他愛もないやりとりを少ししたあと、「ではまた」と私と静は礼をして応接間を出る。

そしてオフィスを出ようとした、その時。

「伊勢崎先生！　ご相談が！」

「私も！　お話したいことがあって！」

それまでこちらの様子をうかがっていた女性たちが、一気にこちらへ押し寄せる。キャーキャーと女性たちは静を囲み、一歩うしろにいた私はあっという間に輪から追い出された。

す、すごい迫力……。みんな全力だ。

静は苦笑いをしながらも、輪の外で圧倒される私に気づく。

「ごめん、入江。先外出てていいから」

そして私を外へ出させると、女性たちの話へ耳を傾ける。

さすが、先ほど男性社員が言っていた通りモテモテだ。

でもああして囲む女性に対してもあしらうことなく、ひとりひとり話を聞いてあげちゃうんだろうな。仕事にもつながるかもしれないし、まあ、もともとそれでなくても優しい人だもんね。

……私への優しさも、それと同じ。

そう思うと胸がチクリと小さく痛むのはどうしてだろう。

建物を出て、静を待つべく近くにベンチでもないかなと辺りを探す。数メートル先の道の端にベンチがあるのを見つけ、そこへ向かい歩きだした、その時だった。

「っ……果穂！」

突然名前を呼ばれると同時に、背後から肩を掴まれた。

え……？

驚き振り向くと、そこにいたのは袖をまくったシャツにスラックス姿の彼……上原さんだ。

「上原、さん……？」

どうして、彼がここに？

あまりに突然のことに、驚き息が止まりそうになる。

「なんで、ここに……」

「売場巡回に行った帰りにたまたま見かけて……果穂こそなんでここに？　実家に戻ってるって噂で聞いたけど」

そうだ、この近くにはイズ・マインの売り場が入っているデパートがある。時折売場巡回に出ることはあるけれど、まさか、このタイミングで彼と会うなんて。微塵《みじん》も想像していなかった。

微かに震えだす手で、バッグの持ち手をぎゅっと握る。

「ていうか、なんで電話に出ないんだよ。この前かけたんだけど」

「……今さら、あなたと話すこともありませんから」

ぼそっと答えた声に、上原さんは不機嫌そうに顔をゆがめた。

「なんだよそれ。お前は会社休んで逃げてるから気にならないだろうけどな、そのおかげで俺はお前との変な噂立てられて迷惑してるんだよ」

「逃げてるって……」

「中途半端に休職なんてするから周りが憶測で話すんだよ。すっぱり辞めるか、戻って普通の顔して働くかはっきりしてくれよ！」

彼の中で積もりに積もったものがあったのか、感情的になって大声で責め立てる。

こんな彼、付き合っている間も見たことがない。

その声に道を行く人々が何事かと視線を向けた。

……なに、それ。

変な噂って、もともとは浮気してた自分のせいじゃない。それをまるで私のせいのように言って、『逃げてる』とか『はっきりしてくれ』とか、どの口で言ってるのよ。

そう、言ってやりたいことはたくさんあるのに、声にならない。

怒りがふつふつとこみ上げる反面、肩に触れる手に気持ち悪さを覚える。

やっぱりこの人も、昨日の女性と同じ。裏切って傷つけて、なのにすべて相手のせいにするんだ。私が悪いと、責めるんだ。

あぁまた、息が詰まる。呼吸が、またうまくできなくなっていく。

苦しさをこらえるようにブラウスの胸もとをぐっと握った、その瞬間。

「彼女になにか用ですか？」

響いた声に、上原さんとともに視線を向けると、そこにはちょうど会社から出てきた静が立っていた。

静は上原さんが私の肩を掴んでいるのを見ると、彼の腕を掴んで離させ、私と上原さんの間に立つ。

「なっ、なんだよお前」

「私こういう者です。どうぞよろしく」

静がそう言って渡した名刺には、『伊勢崎静』の名前の横に『弁護士』の文字が書いてある。

それを目にして、上原さんは血の気が引いたのだろう。サーっと顔を青くして、一瞬で冷静になった。

「いや、あの、僕は入江さんの会社の上司で……今後のことについて、話をしたくて」

「そうだったんですか。ですが彼女、今日はちょっと体調が優れないようですので。また後日ゆっくりと時間を設けてはいかがでしょう」

しどろもどろになる上原さんに、静はにこりと笑って言う。けれどその目は笑っておらず、『いかがでしょう』と言いながらも、有無を言わさぬ圧を感じさせた。

それに対し上原さんは引きつった顔で「そ、そうですね」とうなずく。

「……じゃあ果穂、今度はゆっくり話そう。時間できたら連絡くれよ、待ってるから」

そしてそれだけを言うと、足早に駅のほうへ向かっていった。

遠くなる背中に、こらえていた汗がぶわっと噴き出す。強張っていた全身から一気に力が抜けて、つい静の背中に寄りかかるように額をつけた。

「……入江、大丈夫?」

「うん……ごめん、ありがと」

静はゆっくりこちらを振り向くと、私の額ににじむ汗を指でそっと拭う。

「次の取引先向かうまでちょっと時間あるし、少し散歩していこうか」

「散歩?」

「うん。近くに公園あるから、涼んで行こ」

そして私の手を握ると、導くように歩きだした。

……大きな手が、安心する。さっき触れた上原さんの手には嫌悪感しか感じられなかったのに。

静の手には、安らぎを感じてる。


大きな通りから一本入り少し歩いてきた先には、広めの公園があった。背の高い噴水が見た目にも涼しげな公園内は平日の午前中ということもあり人はまばらだ。

敷地の端にある、木陰にあるベンチに座ると、吹いた風がそっと毛先を揺らす。

その風の心地よさに息をひとつ吐くと、自販機で飲み物を買ってきてくれた静が小走りで戻ってきた。

「お茶とコーヒー、どっちがいい？」

「じゃあ、お茶で」

小さなペットボトルのお茶を受け取りひと口飲むと、先ほどまでの息苦しさはすっかり落ち着いた。

昨日みたいに過呼吸を起こさなくてよかった。

……でも、ダメだな。ショックを受けると過呼吸を起こしやすくなってるみたい。

もっとしっかりしなくちゃ。

手の中のペットボトルをぐっと握っていると、静は隣に腰を下ろし缶コーヒーの口を開けた。

そしてひと口飲んでから、顔を前に向けたままつぶやく。

「……あれが、『上原さん』？」

「え……」

なんで、知って……。

一瞬驚くけれど、そういえばこの前車内で彼の名を呼んでいたことを思い出した。

あれからとくに聞いてはこなかったけれど、やっぱり聞こえていたんだ。

気まずくて『うん』と返事すらできずにいると、それが肯定と伝わってしまったらしく、静は納得したようにうなずく。

「上司、なんて言ってたけどあれ元カレでしょ。しかも向こうの浮気で終わって、それが休職にかかわってるってところかな」

「うっ……」

鋭い。すべて合っている。

言いあてられて唇を噛む私に、静は笑って頭をくしゃくしゃとなでた。

「観念して、吐き出しちゃいな」

こんな時までそうやって、冗談めかすように笑って言ってくれる。

そんな静にだから心を開いて、また甘えてしまう。弱くて情けないところも、勇気を出してみせられる。

小さな風に頭上の木々が揺れる。その音を聞きながら、口を開いた。

「……彼とは、二年くらい付き合ってたの」

最初は、毎日一緒にオフィスで働く上司であり仲間の中のひとりだった。

仕事自体にやり甲斐を覚える中で、彼に評価してもらえたり時には叱られたり、そんな日々も楽しかった。

彼にもっと認められたい。いつしかその気持ちは恋になって、彼好みの人になりたくて、メイクも服装も寄せていった。

そんなある日の飲み会の帰り道。勇気を出して気持ちを伝えた私に、彼はうなずいてくれた。

彼と恋人同士になっても関係は公にはできなかった。けれど、互いに同じ気持ちを抱いてる、それだけで幸せで、それだけで十分だった。

「私なりに彼のことを想ってるつもりだったんだけど、彼はそうじゃなかったみたい」

ずっとこのまま幸せな日々が続いて、あたり前に結婚して家庭を築くものだと思っていた。

……だけど、彼の中ではそうじゃなかった。

「彼さ、結婚するんだって」

つぶやいた言葉に静は缶を片手に首をかしげる。

「結婚？　って誰と？」

「うちの会社の若い子。子供ができたんだってさ。みんなにお祝いされて、幸せそうだったなぁ」

その言葉とともに、ははっと乾いた笑みがこぼれた。

今でもあの日のことを、鮮明に思い出す。

みんなに囲まれ『おめでとう』と祝福される彼。その隣にいるのは自分だと思っていたのに。現実は、まったく違う人。

嘘だ。こんなの夢だ。悪い夢。早く目を覚まさなきゃ。

呆然とした頭は、そうやって、現実と向き合えずにいた。

「私ひとりで浮かれててなにも知らなかったから、信じられなくて。でも彼から直接『果穂のこと選べない』って言われて、ようやく知ったんだ」

結婚発表の日の夜。ふたりで話をしたのは、いつもの人目を忍んで会っていたオフィスの端にある小会議室。

だけど当然その日はキスもなく、触れることすらなく、その場の空気は重いものだった。

『……ずっと浮気してたの？』

『なりゆきで始まってさ……半年くらい前から、かな』

半年間も気づかなかった自分にいっそうショックを受けていると、彼は苦笑いで言った。

『悪かった。けど果穂だって仕事続けたいって言ってたし、結婚とか考えてなかっただろ？』

『は……？』

『あの子は結婚とかも考えて、将来の話とかもしてくれてさ。そういうところが、あの子とお前じゃ違うなって』

それは遠回しに、『お前も悪いんだ』と言っていた。

たしかに仕事は好きだし続けたい。でも結婚したくないなんて言ったことない。将来の話とか結婚とか、私の年齢で話題に出したら重いかな、それがきっかけで嫌われたくないな。そう思って避けていただけ。

浮気してたくせに悪いのは私なの?とか、最低!とか。言いたいことはたくさんあったのに。

『……ごめん。俺、果穂のこと選べない』

彼からのそのひと言に、全身から力が抜けて、すがることも責めることもできずに終わってしまった。

それからの日々は抜け殻のようで、泣くことも取り乱すこともなかった。ただひとつ、もう誰も信じられない、もう恋なんてできない。そんなあきらめだけが胸に深く刻まれた。

だけど会社に行けば普通の顔をする彼がいて、息苦しくて気持ち悪くて、たびたびトイレで吐いた。

家に帰っても、そこは時折ふたりで過ごした部屋。幸せだった日々を思い出して、苦しくて眠れなくなった。

「情けないことに、それ以来眠れないし気持ち悪いしで仕事に身が入らなくなって。大きなミスも連発して……そのうち社内で、私と彼との噂が流れ始めた」

今はつらくても、時間が経てばいつかどうにかなる。傷は薄れていくはずって、思ってた。

だけど、そんな私の変化はほかの人から見てもあきらかだった。

『入江さん、最近やばくない？』

『やっぱりあの噂本当だったのかな。入江さんと上原さん、ついこの前まで付き合ってたって』

『え！　ってことは上原さんふた股⁉　それで子供できたほうに決めたってわけかー』

誰に言ったわけでもない。だけど、付き合っていたことに気づいていた人もいたのだろう。噂はまたたく間に、社内中に広まった。

それは当然上原さんの耳にも入ったようで、妊娠中の彼女の耳に入る前にと彼がとった行動は、噂の元である私を追い出すことだった。

『……ごめん、これ以上騒ぎになる前に仕事辞めてくれないか』

『は……？』

『お前最近ミスも多いしさ、体調も悪そうだし。これ以上その状態でお前がいると、余計変な噂になる』

私のミスや体調のことはただの言い訳で、本当はその言葉の最後の部分だけが心配なのだろうことはあきらかだった。

たしかに、体調面も精神面もギリギリだった。けれど、その言葉にうなずけるはずもなかった。

『騒ぎを収めるためだけに、これまで私がしてきた仕事を捨てろっていうんですか……? もともとはあなたのせいなのに、私から仕事まで奪うんですか⁉』

仕事を辞めたほうがラクになるなんて、わかってた。でもどんなに苦しくても悲しくても、仕事だけは休まなかった。

だって、自分の仕事には誇りを持っていたから。

コスメを使う人のことを考えて、悩んで商品を生み出してきた。その日々だけは簡単に捨てられなかったから。

「彼に退職を勧められて、怒って断って。でも結局次の日に倒れちゃって、休職することになったの」

帰り道、駅で倒れ搬送された病院で言われたのは、ストレスからくる睡眠不足と胃《い》潰瘍《かいよう》。職場で思いあたることがあるなら、少し休みなさいと医師から診断書が出たこともあり、休職届を出すことにした。

だけど、休んだことでこれまで絶対譲れないと思っていたはずの気持ちが揺れた。

このまま仕事を続けていけるのかな、辞めたほうがいいんじゃないのかな、だけどやっぱり続けたいとも思う。

気持ちは曖昧なまま、時間ばかりが過ぎていく。それでもまだ、思い出すだけで息が詰まる。

一度話が途切れ、ふたりきりのその場はしんと静まり返る。その中で、静が缶コーヒーをベンチに置く音だけが小さく響いた。

「そこまでされて、本当のことを周りに言わなかったのはどうして？」

彼の疑問に、私の口から出た答えは――。

「……だって、彼女にも子供にも罪はないから。私ひとりがのみ込めば済む話」

偽善でも強がりでもない、本心だ。

周りに本当のことを言えば、きっと味方してくれる人もいただろうし、ひとり苦しむこともなかったかもしれない。

だけど、あんなにも幸せそうに笑う彼女はきっとなにも知らない。

同じオフィスで仕事をする中で人の恋人を取るような子じゃないこともわかっていたし、なにより、命を宿している身だ。人生の中でも限られた大きな幸せを、壊したくない。その気持ちも、私にとっても譲れないことだったから。

するとと静は、私の頭をそっとなでる。

「入江のお人好し。その子が幸せでも、入江自身が苦しんでたら意味ないじゃん」

あきれたような言い方。だけどその声は優しさを含んでいる。

「……でも、そういうところが入江らしくて愛しい」

頭をなでられたまま視線を静へ向ける。こちらを見つめた彼の瞳は、穏やかでやわらかな色。

私、らしい……。

私はこんなにも、弱くてかっこ悪くて、情けない。だけどどんな私を見ても、静は向き合い、優しく包んでくれる。そんな静の前だから、甘えてしまう。寄りかかってしまう。

こらえていた感情があふれ出して、涙がポロポロとこぼれ出す。

頬を伝う大粒の涙は、とめどなくあふれてくる。それを見て静はなでていた頭をそっと抱き寄せた。

背中に腕を回し、体を包み込んでくれるように抱きしめる。そんな彼の胸に顔を寄せ、ぎゅっとしがみついた。

ずっと、苦しかった。悲しかった。だけど泣けなかったのは、泣いたら弱さに負けて立ち直れない気がしたから。

でも静は、その弱さも涙も、受け止めてくれる。

子供のように思いきり泣く私に、静はずっと優しく抱きしめてくれた。そんな時間を過ごすうちに、涙とともに胸につかえていたものたちも少しずつ流れていった。

ようやく涙が落ち着いて顔を上げると、静のスーツを涙とにじんだマスカラで汚してしまっていたことに気がついた。

だけどそれを見ても、静は笑う。

その優しい笑顔が彼らしくて、私もそんな彼だから愛しいと、そう思った。

一歩

彼の胸で思いきり泣いて、悲しみも苦しさもすべて流れ出ていくのを感じた。

ひとりではきっと向き合えなかった感情。

だけど、静がいてくれたから。気持ちは落ち着いて、自然と自分の中の答えと向き合うことができた。


七月最後の日曜日。朝十時過ぎ、私は身なりを整え家を出るところだった。

メイクバッチリで髪も巻き、フレアブラウスに膝丈のタイトスカートを合わせた格好の私を見て、お母さんがたずねる。

「あら、出かけるの？　もしかしてデート？」

「じゃないけど。ちょっとね」

いつもなら『映美と』と言ってでかける私が、言葉を濁したことに不思議そうにしながらも、お母さんはそれ以上深く聞くことはない。

「どこ行ってもいいけど、お母さんとお父さん、これから群馬《ぐんま》のおばさんのところ行っちゃうからね。一泊してくるから、ごはんは自分で食べてね」

「はーい」

お母さんとそんな会話をしながら、口紅を塗り支度を終える。手もとの腕時計を見ると、時間はすでに待ち合わせの十時半に迫っていた。

まずい、もう時間だ。

バッグを雑に手に取ると、慌ただしくバタバタと家を出る。

デートなんて、そんないいものじゃない。

だけど、新たな自分になるため。一歩踏み出すための今日だ。


小走りにやって来たのは、横浜駅。日曜日ということもありいつも以上に人が多い中、西口前の広場へ行くと、そこに立っていたのは私服姿の上原さんだ。

彼は私を見つけると「お疲れ」と小さく手を上げた。

静の胸で泣いた日、気づけばいろんなことがすっきりとしていた。

胸につかえていた苦しさも、消化できずにいた悲しみも、すべて溶けて消えた。

心は軽く、久しぶりにぐっすりと眠れた翌朝。私は上原さんに電話をして、一度会ってゆっくり話をすることにした。

しっかりと心に据わった、自分の気持ちを伝えるために。

「どこか入るか？」

「いえ、ここでいいです。すぐ終わりますから」

人が行き交う中、道の端に寄り私と彼は向き合って立つ。

上原さんも先日と比べてだいぶ冷静なようだ。私には弁護士を名乗る男がついてい
るという意識があるからかもしれない。

こうして目と目を合わせて立つと、別れたあの日を思い出してまた息苦しくなる。

だけど、背中をそっとさする静の手を思い出すと、不思議と呼吸がラクになった。

勇気を出して、自分の素直な気持ちを言葉にするんだ。

「私、仕事を辞める気はありませんから」

喧騒の中、落ち着いた声ではっきりと言った言葉に、上原さんはひどく驚く。

「え……」

「私は企画課の仕事が好きで、今までがんばってきたことも投げ出したくないから。

だから、なにを噂されようが残ります」

ずっとがんばってこられたのは、この仕事が好きだから。しんどい時を乗り越えら
れたのも、商品を手に取ってくれる人の笑顔が頭に浮かぶから。

だから、投げ出したくない。

強い意志を持ってしっかり目を見て言った私に、上原さんは本気を感じたのか。以前のように『辞めてくれ』と口にすることはなかった。

「けど、さすがに同じオフィスにいるのはお互いのためによくないだろ……」

「ええ。だから、ひとつだけ頼みがあるんです。ブランド異動したいんです。だから、ほかのブランドにうまく異動できるよう上原さんから口添えしてもらえませんか」

それは、自分なりに精いっぱい考えて出した答えだ。

いくら吹っきれたとはいえ、同じオフィスにいるのは互いに気分もよくない。それなら、違うブランドに異動して、心機一転がんばろう。ブランドが変わっても、やれる仕事は変わらないから。

私のその決意に、上原さんはそれまでの動揺した顔から一瞬で安堵した顔をする。

よほど私と距離を取りたいと思っていたのだろう。

彼にとって私はもう、彼の地位や評判を脅かす〝恐れ〟だったんだ。そう実感すると、また胸はチクリと痛むけれど。

「わかった。じゃあ俺からほかのブランドに移れるよう頼んでみる。といってもお前くらいの奴ならどこも欲しがるよ」

ははっと笑った彼に、私も小さく微笑む。

「最後に、もうひとつ」

そしてそう言葉を付け足すと、思いきり腕を振り上げ、上原さんの頬を平手打ちした。バチン！と響いた、手のひらが頬にあたる音に、通りすがる人々は驚いた顔でこちらを見る。

最も驚いているのは、頬を叩かれた張本人だ。その間の抜けた顔に、私はいっそう強い目つきで彼を見る。

「こんなもので、私の痛みが完全に消えると思わないで」

頬にあたった手がじんじんと痛い。見る見るうちに赤くなるその頬も痛いだろう。

けれどこの痛みは、そのうち消える。私の手からも、彼の頬からも。

だけど、だからといってこの胸に負った傷は消えることはない。

「私が今回のことを黙ってるのは、上原さんのためじゃないですから」

「え……？」

「会社での私の立場と、なにも知らない彼女と、生まれてくる罪のない子供のため。あなたに対しての未練は、いっさいありませんから」

あることないことを噂されて、仕事しづらくなるのは嫌。幸せでいっぱいの彼女を傷つけることも、そのせいで子供の存在が疎まれることも望んでいない。

以前は、ひとりで抱えるには大きすぎて苦しすぎて。心が折れた自分を情けなくも思った。

そんな私をすべて包んでくれたのは、静だった。彼が、涙ごと抱きしめてくれたから、今こうして向き合えている。ほんの少し強くなれてる。

こんなふうに私から言われるとは思っていなかったのだろう。唖然とした彼に、私は言いたいことを言い終えすっきりする。

「じゃあ、私行きますから。異動先が決まったら連絡お願いします」

そしてそれだけ言うと、上原さんをその場に置き去りにスタスタと歩きだした。

言ってやった、清々した。驚いてたな。頬を叩かれて、目を丸くしてた。

これでやっと踏み出せる。新しいブランドで、これまでの経験を活かしながらも一からがんばるんだ。

ひとりになって、それまで張りつめていた気が緩んだのか、不意に涙がこみ上げる。

にじんだ視界に、足を止めてうつむくと、涙はぽろぽろと地面に落ちた。

それは、悲しい涙じゃない。彼とのたしかな決別を表しているようだった。

すると突然、青いハンカチが視界に入り込む。

「え……」

これ、誰が……。

驚き顔を上げると、目の前に立っていたのは、ハンカチを差し出す静だった。

白いシャツが太陽の光に反射して、まぶしい。

「あれ、かわいい子が泣いてると思ったら入江だった」

わざとらしくそう言って笑う彼からハンカチを受け取り、涙を拭った。

「……なんでここにいるの。ストーカー？」

「失礼な。俺は弁護士として別れ話が円満に解決するか見守ってただけ」

泣き顔を見られるのが恥ずかしくて、ついかわいげなく言うと、静は笑う。

「事務所であいつと待ち合わせの電話してたの聞いてさ、心配だったから」

そういえば、上原さんとの待ち合わせの連絡をしたのは、週末金曜日の昼休みだった。室内には誰もいなかったから事務室で電話してしまったけれど、静は部屋の外で聞いていたんだ。

でも、心配だからってわざわざ来てくれるなんて。彼の気遣いがうれしい。

「けど心配いらなかったみたいだね。あんなに見事なビンタ食らわせてたし」

「み、見てたの⁉」

「うん。ばっちり」

あんなところを見られていたなんて……！

恥ずかしさに、ハンカチで顔を隠す。そんな私を見て静はおかしそうに、「あははっ」と大きく笑った。

「せっかくだし、ごはんでもどう？」

「……静のおごりなら」

「かわいい子にごちそうできるなら喜んで」

またそんな、茶化すような言い方をして……。

そうやって、ほかの女性にも調子いいことを言ってるのだろうか。思わずあきれてしまいながらも、静と並んで歩きだす。

「なにか食べたいものある？」

「ううん。静に任せる」

「よし、任された」

静はそう言うと、自然と私の手を取って歩きだす。優しく手を包む、その長い指が頼もしく、安心する。

暑い日差しに照らされる駅前の大きな通りを歩きながら、静は口を開いた。

「で、あの人と話はできた?」

「うん。……会社に戻るって、伝えた」

「そっか」

つぶやいた結論に、静はすんなりとうなずく。

目の前の信号が赤に変わり、横断歩道手前でふたりは足を止めた。

「ごめん、せっかくバイトも慣れてきたのに」

「ううん、もともと短期って話だったし。入江には入江の生活があるし」

そう。そもそも最初からそういう約束だった。

私が会社に戻るまで。私が彼の近くにいる時間は、永遠じゃない。その前提で働いていたのだから、彼がそれをすんなり受け止めるのも当然。

だけど、引き留めることもなくうなずく横顔が、寂しい。

「だから、どうでもいい?」

思わずこぼれた、本音。

人混みの中でかき消されてしまいそうな細い声も、静はきちんと拾ってくれて、首を横に振った。

「違うよ。入江の好きに生きてほしいだけ」

「私の、好きに……？」

それって、どういう意味？

「そりゃあ俺は入江がうちにいてくれたらうれしいけどさ。ただ、どんなにつらくても捨てられないくらい、その仕事が好きで、真摯に取り組んできたんだろうってわかるからさ」

静はそう言って、空いていた左手で私の頭をくしゃっとなでる。

「入江がやりたいことをやって、笑っててくれるのが一番。言ったでしょ、入江の笑顔が好きなんだって」

私の、笑顔が……。

彼が引き留めないのは、どうでもいいとかじゃなくて私のため。

私が笑顔でいるため。

……本当に、優しい人。

いつでも私のことばかり優先して、考えてくれる。その優しさとぬくもりに、胸がドキッとときめいた。

鼓動を伝えるように、彼の手を握る手にぎゅっと力をこめる。それを握り返して、静は笑顔のまま。

「それに、都内に戻ってもこの距離なんだしまたいつでも会えるよ」

「また、いつでも……」

そっか。これまでとは、少し違う。こうして再び縁ができたことで、互いに会おうと思えばまたいつでも会うことができる。

高校の同級生、元恋人、そんな呼び名での関係でしかないとしても。約束ができることが、うれしい。


それから私と静は、ふたりで食事をして辺りを少し散歩して、帰路についた。気づけば空はオレンジ色の夕日が広がっている。

「わざわざうちのほう回ってもらっちゃってごめん」

「ううん。入江の家、うちに行く手前だし。ついでだよ」

電車で帰ろうとした私に、静はそう言ってタクシーで送ってくれたのだった。

タクシーは見慣れた道を抜け、ほどなくして自宅の前に止まる。玄関の外灯は消えていて、カーポートには車がない。その様子を見て、静が言った。

「今日は、家の人出かけてるんだね」

「うん、両親ふたりとも一泊で出かけてて」

答えながら、自宅の鍵を取り出そうとバッグの中を探る。

ところが、どこを探しても鍵のついたキーケースは見あたらない。

「あれ……ない」

「え？」

あれ、私今朝、自宅を出るとき……は、お母さんたちがいたから鍵閉めてないや。

ということは、最後に使ったのは昨日の夜。帰宅して、鍵を自室のテーブルに置いて……そのままだ！

出がけに言われていたのにすっかり忘れていた、そんな自分にあきれて頭を抱えた。

「鍵忘れた？　大丈夫？」

「うん、大丈夫。明日には親も帰ってくるし、今日は駅前でネットカフェでも探すよ」

静に心配をかけてしまわないように、そう笑っていったん車を降りようとした。

けれど静はそんな私の腕を掴んで引き留める。

「なら、俺のうちおいでよ」

「え？」

静の、家……？

その提案に驚いていると、そのやり取りをルームミラー越しに怪訝そうに見ていた運転手の視線に気づく。静もそれに気づいた様子で、私が答えるより先に「出してください」と車を出させた。

静の家？　って、つまりお泊まり？　い、いいのかな⁉

大人の男女が同じ家にひと晩……そこから想像する展開を一気に意識してしまい、心臓がドキドキと鳴りだす。

そもそも静はなんでこんな自然に誘えてしまうわけ？　やっぱり慣れてる？

家に異性を誘うなんて、どうってことないのかな。それとも、異性として意識されてない？　それもありえるかも……。

あれこれと考えながら、途中コンビニで下着など最低限必要なものをそろえ、私たちは静の家へと向かった。


到着した先でタクシーを降りると、目の前には新築のタワーマンションがどんと構えている。三十階以上はあるだろうか、空に向かって伸びた白い外壁を見上げて間の抜けた声が出た。

「はぁ……すごいマンション」

さすが弁護士。住んでる家もケタ違いに豪華だ。

私がひとり暮らししている二階建ての小さなアパートと比べてしまい、彼との世界の差を感じた。

オートロックを解除し中へ入っていく静に続いて入ると、まるでホテルのロビーかのような広々としたエントランスが広がる。

奥にあるエレベーターで二十五階へと向かうと、そのフロアの一番奥の部屋の鍵を開けた。

「適当にくつろいでもらっていいから」

静は私の一歩先で靴を脱ぎ、いくつかのドアが並ぶ廊下の突きあたりのドアを開ける。続いてその部屋に入ると、そこには大きな窓の広いリビングダイニングが広がっていた。

広い……！

この部屋に、私の借りている二〇三号室がすっぽりおさまってしまいそうだ。

壁一面の大きな窓からは夕焼けに染まる横浜の街が一望でき、私は思わず窓際へ近づく。

「わ……いい景色」

「この景色がよくてここのマンションにしたんだ。見て、あのあたりに通ってた高校も見える」

「あっ、本当だ」

同じく窓際へ近づいた静は、私の背後に立ち街の遠くのほうを指差す。その指先が示す先に立ち並ぶ建物の中、小さく校舎のうしろ姿が見えた。

「私の家が向こうのほうで、たしか映美の家があの辺じゃなかったっけ……！」

思わずはしゃぎながら窓の外を指差して、振り向く。

すると、すぐ目の前に静の顔があり、思ったよりも近くにいたことにドキッとした。

静も無意識に距離を詰めてしまっていたようで、すぐ近くにいた私に気づくと、一歩下がった。

「お風呂にお湯、入れようか。入江も服洗濯したいよね」

そして静は給湯器のスイッチを入れると、一度奥の部屋に行って戻ってくる。その手に持った黒いパーカーとジャージを私に手渡した。

「着替えは俺の着てもらって……寝るときは奥に寝室あるから、ベッド使って」

「えっ、でも静は？」

「俺はソファでいいよ」

言いながらリビングにある大きなソファを指さす。

たしかに人ひとりくらいなら寝られそうな大きさのソファ……だけど。

「いやいや、それはダメでしょ！　静のほうが身長あるし、そもそも静の家だし私のほうがソファ使うべき！」

泊めてもらってベッドまで独占なんて申し訳ない。その気持ちから断るけれど、静はクスッと笑って私の頭をポンとなでた。

「いいから。甘えてよ」

心に優しく呼びかけるような甘い声に、それ以上なにも言えなくなってしまう。

……小さな笑顔とその言葉は、反則。

ずるい。そんなふうに甘やかされたりすると、また、〝特別〟だと思ってしまう。

誰にでも優しい人。だけど、ここまで心配してくれたり、優しくしてくれるのは、私だけなんじゃないかって。勘違いしてしまいそうになる。


十分ちょっとで浴槽にお湯がたまり、静の勧めもあり私は先にお風呂を借りることにした。

浴室もまた大きい。男性のひとり暮らしにしては隅々まで綺麗にしてあり、休日にお風呂掃除に励む静が想像ついてちょっと笑えてしまった。

髪と体を洗って手短に入浴を終えると、彼が先ほど手渡してくれた服に着替えた。

パーカーの袖もジャージの裾も長い。身長が高いから裾があまるのは想像ついていたけれど、改めて体型差を感じながら袖をまくりドライヤーで髪を乾かす。

なんか……まるで恋人同士みたい。

なんてね。いや、静はただ親切心で泊めてくれるだけで、下心なんてないことはわかってるけど。

そんなことを考えながら、なにげなく足もとへ目を向けた。

すると、なにかキラリと輝くものがひとつ、落ちているのが目に入る。

「ん……？」

拾ってみると、それはゴールドの金具に小ぶりなダイヤが輝くピアス。ハートの飾りがついているそのデザインから、女性用なのはあきらかだ。

脱衣所に女性物のピアス……って、あきらかに誰か泊まってるじゃない。

頭の中でその考えに行き着くと、つい先ほどまでの浮かれる気持ちは一気に冷静なものになっていく。

危うく勘違いさせられそうになってた。

やっぱり、誰にでも優しい彼にとっては私もその他大勢と同じ。困っていれば優しくする。特別な意味なんてない。

冷静になりながらもモヤモヤした気持ちで、手にしていたピアスを洗面所に置いて、私は脱衣所を出てリビングへと戻る。

「……お風呂、ありがと」

「どういたしまして。って、なんか機嫌悪い?」

この気持ちは顔に出ていたのだろう。手もとのスマートフォンから顔を上げた静は理由がわからなそうに首をかしげた。

「べつに。まったく悪くないけど」

「それならいいんだけど。じゃあ俺も風呂入ってこようかな」

ソファから立ち上がった静は私の目の前に立ち、熱にほてった私の頬をそっとなでた。

「冷蔵庫にもらい物のお酒あったからさ。風呂出たら一緒に飲もっか」

「やった、じゃあなにか簡単なおつまみでも作るよ。冷蔵庫のもの使って大丈夫?」

「うん、ありがと。いろいろあるから適当に使って」

静はうれしそうに笑って、浴室のほうへ向かっていく。その笑顔につい先ほどまでのモヤモヤとした気持ちが丸め込まれてしまうから、困る。

そんなうしろ姿を見送り、私はダイニングの奥にあるキッチンに立った。

冷蔵庫を開けると、そこにはワインが二本冷やされている。

お酒ってこれか。って、超有名な高級ワインじゃない。こんないいものを飲む相手が私でいいんだろうか。

あとは……あ、トマトもチーズもある。クラッカーもあるし、おつまみに打ってつけだ。

こうして見ると意外と食材ちゃんとそろえてるなぁ。キャビネットの中も覗いてみると、調理器具も充実していて、温度計まである。自炊するんだ。いや、もしかして……作ってくれる女がいるとか？

先ほどのピアスの件が再び思い出されてしまう。

また、胸の中がモヤモヤしてきた。その気持ちをごまかすように、私は再び冷蔵庫の扉を開けて食材を取り出し手を動かした。

……べつに、私だって今さら静に特別な感情なんてない。

だけど、どうしてか。静に優しくされるとうれしくて、甘えてしまう。

笑ってくれると胸の奥がキュッと掴まれるし、女性の影にモヤモヤして、こんなにも悔しい。

互いに、特別な関係なんてないはずなのに。

そんな思いを抱えながら、トマトやチーズをのせたクラッカーをお皿に並べる。

それと、冷蔵庫にあった野菜とシーフードミックスを使ってマリネを作って……。

「お、うまそう」

突然背後から声をかけられ、はっとして振り向く。

私のうしろに立つ静は早くもお風呂から出てきたようで、その姿は黒いスウェットのパンツに上半身裸だ。

は、半裸……！

突然目に飛び込んでくる、なめらかでほどよく筋肉がついた体。普段スーツ越しに見るよりもがっしりとしていて、鍛えているのか腹筋も割れている。

意外といい体してる……じゃなくて！

「ちゃ、ちゃんと服着て！」

「だってあっついし」

「暑くない！　ほら着る！」

本人からすればなんてことないのだろう。意味がわからなそうに髪をタオルで拭う彼に、私はその背中を押して脱衣所へ戻らせる。

私の態度を見てすぐに察したようで、静はTシャツを着て戻ってきた。

「もう、男の裸ひとつでそんなに騒がなくても」

「騒ぐでしょ。この変態」

「変態って！　ひどい！」

そんなやり取りをしながら、リビングにあるローテーブルにおつまみを並べる。

すると静は冷蔵庫からボトルを一本取り出し、食器棚にあったワイングラスの脚を指に挟んでふたつ持つとテーブルに並べた。

ふたりでソファに座り、彼がグラスにボトルの中身を注ぐ。コポコポという音とともに、炭酸を含んだワインがグラスの中で揺れた。

「じゃあ、家の鍵を家に忘れた入江に乾杯」

「怒らせたいの？」

「嘘嘘」

ジロッと見た私に、彼は冗談めかして笑う。

「入江の、新しい一歩に乾杯」

新しい、一歩。それは、今日私が勇気を出して踏み出した一歩。

そう口にして微笑む彼に、私も思わず笑って、コンッとグラスを合わせた。

……ところが。

それから一時間も経たないうちに、静はぐったりとソファにもたれてしまっていた。

ワイン三杯目にして、静はすっかり酔っ払ってしまったらしい。そんな彼を見て苦笑いで、私は自分のグラスを空にする。

静、意外にお酒弱いんだ。寝ちゃったし……毛布かけておいて、私は片づけて寝室行こうかな。

そう思い、静の寝顔を覗く。

少し赤い頬と、伏せられたまつげ。むにゃむにゃと気の抜けた声を漏らす彼についつい「ふふ」と笑ってしまう。

子供みたいな寝顔。ちょっとかわいい。

指先でその頬をつんとつつく。その薄い頬に触れると静はくすぐったそうに顔をしかめてから、薄く目を開ける。

「あ、ごめんね。起こしちゃった?」

謝るけれど、酔っ払っている彼はボーッとした様子でこちらをちらりと見る。

そして、頬に触れていた私の手を掴むと、腕を引っ張った。

「えっ、わっ!」

その力に引っ張られるがまま、静のもとへ倒れ込む。私の体を、静はぎゅっと抱き寄せた。

大きなソファが、ふたりの体でいっぱいになる。

な、なに……いきなりなにを！

「ちょっと、静？　いきなりなに……」

あまりに突然のことに、意味がわからず心臓がバクバクとうるさくなる。そんなこちらの気持ちも知らず、静はぎゅっと私を抱きしめたまま。

静から、私と同じシャンプーの香りがする。そのことが余計、この胸を高鳴らせた。

心臓が、もたない。熱くて、ドキドキして、苦しい。

私、今ときめいてる？

つい二ヶ月前は、もうこの先恋なんてできないと思っていたのに。

だけど、静にだから感じられているのかな。

静と再会できなかったら。私はきっとまだ仕事に対しての気持ちも曖昧なまま、終わった恋を断ち切ることもできなかった。

今日踏み出した一歩は、静がいたから踏み出せた一歩だ。

「……いろいろありがとね」

抱きしめられたまま、胸の中でぼそりとつぶやく。

「彼と向き合えたのも静のおかげ。本当に、感謝してる」

酔っ払っていて、寝ぼけていて、聞いてないかもしれない。それでも、こんな時でしか素直になれないから。

「静とこの街で、再会できてよかった」

胸に顔をうずめたまま言いきった私に、静は黙ったまま。

また寝ちゃったかな。そう思っていると、それまで抱きしめていた右手がそっと頬をなでる。

そして、静の顔が近づいたかと思えば、その唇は私の額にそっとキスをする。

「し、静？」

額から頬へ、頬から耳へとその唇がなぞるように触れる。耳にかかる息と、慣れないところに触れられたということに反応し、思わず「んっ」と声が漏れた。

……恥ずかしい。

静の表情をうかがうようにちらりと見ると、彼は目を細めて笑う。

「……かわいい」

そして再び、抱きしめる腕に力をこめた。

「俺こそ、再会できてよかった。好きだよ、果穂」

そんなの、ずるい。

『果穂』なんて、これまで呼んだことないくせに。こんなふうに、抱きしめて名前を口にするなんて。

好きなんて言葉に、今さら意味などないことくらいわかってる。

だけど、どうしようもなくときめいてしまうんだ。

その胸に全身を預けるように、そっと目を閉じた。


閉じたまぶた越しに明るさを感じ、そっと目を開く。見ると目の前の大きな窓からは、カーテン越しに太陽の光が透けて室内を明るく照らしていた。

「朝……」

昨日、あのままいつの間にか寝てしまっていたんだ。

ゆっくりと体を起こすと、そこはソファではなく大きなベッドの上。

あれ、なんで私こんなところに……。

不思議に思いながらも寝室を出て、リビングのドアから部屋を覗く。するとそこには、キッチンに立ちコーヒーを入れている静の姿があった。

「静、おはよう」

「おはよ。入江もコーヒー飲む？」

『入江』……。いつも通りの呼び方のはずなのに、昨夜はやっぱり酔っていただけかと少し寂しくなる。

「うん、飲む」

それを隠してうなずく私に、静は昨夜のお酒も残っていないようで、いたっていつも通りだ。

「ねぇ、私いつの間にベッドに？」

たずねると、彼は「えっ」と上ずった声を出す。

「あー……夜中起きたらソファで寝てたから、運んだんだ」

そう言いながら視線を避けるかのように、彼はこちらへ背中を向ける。コーヒーの香りが漂う中、そのうしろ姿から感じるのはよそよそしさ。

「静？　どうかした？」

「えっ！　な、なにも！」

その否定すらも怪しく、私はキッチンへ近づいてコーヒーを注ぐ彼の顔を覗き込む。

そして目があった瞬間、静の顔はたちまち赤くなる。

「へ？　静？」

なんで赤面？

理由がわからずその顔をまじまじと見ていると、静は恥ずかしそうに右手で私の目もとを覆い隠す。

「……見ないで。かっこ悪い」

彼がどんな顔をしてつぶやいたかはわからない。けれど、いつもとは違うボソボソとしたその言い方から、恥ずかしさでいっぱいなのだということを察した。

……もしかして、昨日のこと思い出して照れてる？

普段はたやすく触れてみせるくせに。

いつもみたいにからかって笑ってくれれば、私も冗談だと流せるのに。

触れる手が熱く、この体温も上げていく。

胸の中が、静の熱であふれていく。

『好きだよ、果穂』

あの言葉が、酔った勢いだなんてわかってる。

だけど、それでもやっぱりうれしくて。

彼の声が、耳の奥から消えない。


『で？　結局会社に戻るんだ？』

静の家に泊まった日から四日ほどが経った、木曜日の夜。私は実家でお風呂上がりに髪を乾かしながら、スマートフォン片手に映美と電話をする。

「うん。部署は変わるけど、これまで通り企画の仕事をさせてもらうつもり」

『いやー、よかったよかった。欲を言えばあと五発は殴ってほしかったけど』

「あはは、五発って」

電話の向こうでけらけらと笑う映美に私も笑った。

あれから、何日も経たないうちに上原さんから連絡があり、異動先のブランドが決まった。

そこはこれまでのデパコスブランドとは違って、まだ立ち上がったばかりの低価格の新規ブランドで、そちらも『入江さんならぜひ』と快く受け入れてくれたそう。ちょうどそのブランドでひとり寿退社することもあり、入れ替わりで九月頭から復帰することとなった。

静たちにもそのことは伝え、バイトは八月下旬までと取り決めた。それを聞いた花村さんと壇さんも嫌な顔ひとつせず、喜んでくれた。

『けどよかった、これまでと声も全然違うもんね』

「そうかな?」

『うん。この前より明るい声してる』

やっぱり、これまで声も沈んでいたのだろうか。映美も安心したような声だ。思っていた以上に心配かけてしまっていたのかも。そう思うとちょっと申し訳ない。

「ごめんね、心配かけて」

『いいのいいの。でもさすが、これも伊勢崎の愛の力か〜』

「は⁉」

って、なんで静⁉

夜だということも忘れ思わず大きな声が出る。

「ない！　愛の力なんてないから！」

『でもいろいろ相談も乗ってくれたんでしょ？　伊勢崎なしではこうはならなかったと思うんだけどなぁ』

うっ……。たしかに、そうだけど。でもだからって、愛の力って。

恥ずかしすぎるその響きに、それ以上なにも言えず、私は話題をすり替える。

「そんなことより、『話がある』って言ってたよね？　なんの話？」

『あ、そうそう。明日の夜、急遽元バスケ部で集まろうって話になってさ。果穂もおいでよ』

「元バスケ部で？」

映美からの話というのは高校時代の元バスケ部の集まりの誘い。

そういえば、私たちの同級生と仲のいい後輩も交えて、男女混合でよく飲み会をしてるって言っていたっけ。私は仕事優先で一度も参加できていないんだよね。

『果穂が今こっちに戻ってきてるって言ったら、みんなたまには果穂に会いたいって言ってたよ』

「じゃあ、行こうかな」

『よし、決まり。ちなみに伊勢崎も来るっていうから！　誰かに取られないよう気をつけなよ』

いや、取られるもなにも……私のじゃないんだけど。

苦笑いしながら、明日の待ち合わせ時刻を確認して電話を終えた。

映美ってば、やたらと私と静の仲をくっつけようとして。そんなんじゃゃ、ないのに。

でもバスケ部のみんなと会うの、久しぶりだなぁ。

どんなふうに変わってるかな。楽しみ。

翌日、金曜日の午後。今日は静は一日外出をしており、事務室には私と花村さん、外出から戻ってきたばかりの壇さんの三人がいた。

「あれ、果穂今日なんだかいつもよりちょっと気合入ってない？」

それは、いつもより丁寧に巻いた髪と、おろしたての黒いレースのブラウスなどいつもとほんの少し違う私の姿を見ての言葉だった。

「実は、今日高校時代の部活仲間と飲み会があって」

「へぇ。いいわね、楽しそう。伊勢崎先生も行くの？」

「はい。来るって聞きました」

私と花村さんの会話を聞いて、壇さんはパソコンを開きながら言う。

「高校の仲間かー。ね、好きだった人とか来ないの？」

『好きだった人』、その言葉に心臓がギクリとする。

それなら毎日のようにここで会ってますよ、なんて言えるわけもなく、笑って否定する。

「ないですよ、私彼氏もいなかったですし」

「わかんないよー？　この年になって再会するからこそ燃える恋もあるし？」

壇さんはニヤリと笑ってからかうように言う。そこにすかさず花村さんが言葉を足した。

「都子も元カレとは同窓会がきっかけで燃え上がったのよね」

「ほかの女とも燃え上がってたみたいだけどね……」

つまりふた股かけられていたということか……。

その時のことを思い出したようで、がっくりと肩を落とす壇さんに、私と花村さんはくすくすと笑った。

この年になって再会するからこそ、か。

たしかに、静との距離もあの頃とは違う。高校時代の同級生という関係になった今のほうが近く、触れられる。

けれど、静の距離感ってわからないんだよね。

泊まった日の朝は顔真っ赤にしてたくせに、あの後職場へ来た途端いつも通りの顔になって。それからの日々も、いたってこれまでと変わらない。

……そういえば、静の家にピアスが落ちていたのを今になって思い出した。

あれ元カノのかな。それとも現在進行形の彼女がいる？　でもそれで私を泊めたりする？

いや、世の中には平気で浮気をする人なんてそこら中にいる。身をもって知ったはずだ。でも静に限って、いや、だけど。

考えても答えなんて出ないし、余計にわからなくなるだけ。

そうわかっていても、悩んでしまうんだ。


その夜。私は仕事終わりのその足で、昨夜映美から言われた通り、駅前の居酒屋に向かった。

金曜の夜ということでにぎわう店内の、一番奥の座敷席。そこを覗き込むと、懐かしい面々が出迎えた。

「果穂だー！　久しぶり！」

「えっ、高校の時と雰囲気違うー！」

同じ女子バスケ部の子たちに加え、男子バスケ部の人たちもおり、すでに飲み会は始まっているようだった。

用意された映美の隣の席に座ると、早速ビールを一杯注文した。

「ごめんね、果穂。全員そろうまで待ってる予定だったんだけど、男子が待ちきれなくて飲み始めちゃったんだよね」

「全然大丈夫だよ。みんな相変わらず元気だね」

あははと笑う私に、映美は申し訳なさそうに言いながらサラダを盛ってくれた。

「伊勢崎は？」

「さぁ？　今日一日外出だったから……そろそろ来るんじゃないかな」

映美とそんな会話を交わすと、それから同級生たちとあれこれと会話をした。

「果穂今まで全然集まりにも来ないし、超寂しかったよ～」

「ごめん、忙しくてなかなか」

「ってことは仕事ばっかりでまだ独身だなー？」

「あはは……ご名答」

指輪のひとつもついていない、まっさらな左手を見せて笑うと、室内にもどっと笑いが起きる。

すると、それから少しして部屋の戸が開けられた。

「ごめん、遅くなった」

そこから顔を覗かせたのは、スーツ姿の静だ。仕事が終わり、急いできたのだろう、彼は息苦しそうにネクタイを緩めながら座敷に上がる。

「伊勢崎お疲れ。相変わらず忙しそうだな、弁護士先生」

「おかげさまで」

男子とそう会話を交わしながら、静は私がいる席とは真逆の端の席に座る。

そして静がひと息つこうとした、その時だった。

「伊勢崎くんなに飲む!? はいこれメニュー表！」

「あっサラダ取るよ！ ほかに食べたいものある!?」

「隣いいかな!? ちょっと男子邪魔！ どいて！」

それまで和気あいあいとしたムードで話していた女子たちが、突如静のもとへ勢いよく押し寄せる。彼女たちのその勢いに押され、静の周りに座っていた男子たちは押しのけられるようにほかの席へ移った。

「ねぇ映美、いつもあんな感じなの？」

「そうだねぇ。伊勢崎人気あるから」

以前企業に行った際もそうだったけど、どこでもあんな感じなんだ……。

言い寄る女性なんてたくさんいる。そんな彼が言った『好きだよ』なんて言葉を、本気にするほうがどうかしてる。

「隣、いいか？」

ジョッキの中をぐいっと飲み干していると、声をかけられた。

顔を上げるとそこにいたのは、黒ブチのメガネをかけた茶髪の彼。その姿にすぐ名前が浮かんでくる。

「森《もり》くん！　久しぶり」

「あ、ちゃんと覚えてたな」

「もちろん。一番バスケした仲じゃん」

私の隣に腰を下ろしながら笑うのは、高校時代、私が静と同じくらい親しかった男子・森雄大《ゆうだい》くん。

一見クールでとっつきにくい感じだけれど、実は負けず嫌いで、彼とは休み時間のたびに試合をした。

「果穂、今回は都合ついたんだな。今日は仕事は？」

「あ、あー、今夏休み中でさ。こっち帰ってきてたから」

久しぶりに会った友達に、休職中のこの複雑な事情を話せるわけもなく、ごまかす。

「森くんは？　なんの仕事してるの？」

「自営業。実家の仕事継いだんだ」

実家……たしか食堂だったっけ。高校時代は『あんな古い店継がない』って言っていたのに。大人になって考えが変わったのかな。

「果穂、次なに飲む？」

「あ、じゃあ同じの」

森くんは店員にビールを二杯頼み、ちらりと静のほうを見た。

「それにしても、伊勢崎はいつもすごいな。さすが弁護士」

「あはは、本当だよね」

「さっさと彼女つくるなり結婚するなりすれば、周りも落ち着くのにな」

感心するような、あきれたような口調で言う彼に笑ってうなずいた。

森くんも、会うの高校卒業以来だ。あの頃黒色だった髪が茶色になったり、少しパーマをかけたりと大人にはなっているけれど、でも顔立ちはまったく変わらない。

少しそっけなくも聞こえる、落ち着いた話し方も変わらない。

「森くんは、結婚とかは？」

「いや、まだ。果穂……は、まだって言ってたな」

先ほどの会話を聞いていたのだろう。森くんはそう言って、まじまじと私の顔を見つめた。

「なに？　老けたとか言ったら怒るよ？」

じろりと睨んで言うと、彼は「ははっ」と笑って首を横に振る。

「ないない。いや、綺麗になったと思って」

「綺麗って、またそうやってからかう」

「本当だって。大人っぽくなったよ」

お世辞だろうことはわかっている。けれど、メガネの奥の目を細めて笑う彼にちょっと照れてしまう。

あの頃はそんなこと言うタイプじゃなかったのに。変わってないようで森くんも大人になったんだなぁ。

それから私は主に森くんと、思い出話やこれまでの話で盛り上がった。

静はずっと女子たちに囲まれっぱなしで、話すことも近づくこともできなかった。

まぁ、たまの集まりくらい、静もいろんな人と話したいだろうしいいんだけどさ。

そして三時間ほどが経ち、飲み会もお開きとなり居酒屋を出た。お店の前に出ても、いまだ静の周りは女子たちが囲んだままだ。

「二次会、カラオケ行く人ー」

「はーい！　伊勢崎くんも行こうよ」

二次会かぁ。明日は休みだけどあんまり遅くなるのもなぁ。……静が女子たちにベタベタされてる光景を黙って見続けるのもちょっとつらい。

そう思って私は、カラオケがある方向へ足を向けるみんなの中、足を止める。

「私、先帰るね」

「あ、それなら俺も帰るし送ってくよ」

森くんがそう言って私の腕を掴もうとした、その時。

「入江」

突然名前を呼ばれたかと思えば、静に腕を掴まれた。

「わっ、えっ、静？」

「俺が送る」

静はそう言って私の腕を引き、歩いていく。戸惑いながら振り向くと、みんなは私以上に驚き、ぽかんとした顔でこちらを見ていた。

これは、みんなにあらぬ誤解を与えてしまうのでは？

「ちょ、ちょっと静」

しばらく歩いてきた先で静はようやく、足を止めた。

「いいの？　女子たちみんな、静といたかったんじゃないの？」

「べつにいいよ、興味ないし」

バッサリと言う静は、私の腕を掴んだまま。その顔はどこか不機嫌そうだ。

「入江こそ、森とずいぶん仲よかったじゃん」

「そう？　久しぶりだったからかな」

森くん？

なぜ彼の話題が出たのかはわからないけれど、それをきっかけに先ほどの彼との会話を思い出す。

「森くん、変わらないように見えて雰囲気変わったよね。綺麗になったって言われちゃったし」

お世辞とわかっていてもうれしくて、つい静に話すと、その目はいっそう不満そうなものとなる。

「ふーん。森の目って意外と節穴だね」

「どういう意味！」

節穴って！　静はそう思ってないって言いたいの？　そこは『よかったね』で流してくれてもいいじゃない。

失礼なその言い方にムッとすると、静は掴んだままの腕をぐいっと引っ張り、私の体を抱き寄せる。

「入江、高校の頃からかわいいし、綺麗だったよ」

かわいいし、綺麗だった……。

想定外の言動に、頬が一気に熱くなる。

その腕の中でどうしていいかわからず彼の胸に耳をあてると、少し早い心臓の音が聞こえた。

「ま、またそうやってからかう」

「からかってないって」

信じてというかのように、私の体を包むその腕にはぎゅっと力がこめられる。

同じような言葉でも、森くんに言われた時とは違う。恥ずかしくて、うれしくて、全身が熱くなる。

そういうことを言われたら、また勘違いしてしまう。
ほかの人とは違う気持ちで、私を見てくれているんじゃないかって、期待する。
あの頃と同じように、ううん、あの頃以上に。
あなたにときめきを感じている。

微糖

　カレンダーが八月に代わり、三日が過ぎた。今日も外は暑く、夏の日差しが強く地面を焦がしている。

　そんな太陽を見ながら、クーラーの効いた涼しい事務室でデータ入力をしていると、花村さんと壇さんのふたりは、悩ましげに口を開いた。

「ねぇ、都子。今年はなにあげる？」

「うーん、考えてはいるんだけどなかなか決まらないのよねぇ」

　花村さんはキーボードを叩きながら、壇さんは頬杖をつきながら。難しげな顔をしてみせるふたりに、会話から誰かへのプレゼントを考えているのかと察した。

「誰か誕生日かなにかですか？」

　ふたりの共通の知り合いかなにかだろうか。そう思いたずねると、壇さんは不思議そうに言う。

「誰かって伊勢崎先生よ。明日誕生日なの、知らない？」

「へ？」

静の、誕生日?

デスクの上のカレンダーを見ると、今日は八月三日。そうだ、明日の四日は静の誕生日だ。

すっかり忘れてた……。

つまりふたりは、静の誕生日プレゼントで悩んでいたということだ。

「毎年ネクタイとかペンとかあげてるけど、段々ネタ切れになってくるわよね」

「果穂ちゃん、伊勢崎先生の好きなもの知らない?」

「好きなもの……いや、まったく」

花村さんにたずねられ考えてみるけれど、静の好きなものなどわかるはずもない。

頼りにならない私の返事に、ふたりはますます悩ましげな顔になってしまった。

でも、そっか。静の誕生日。私もなにかあげようかな。再会してからというもの、お世話になりっぱなしだし。

私もプレゼントの見当なんてつかないけれど、今日の帰りに探しにいってみよう。

十八時過ぎに上がった私はその足で横浜駅前の周辺のお店を見て回る。ところが、百貨店やショッピングモール、路面店、どこを見てもこれといったものを見つけられずにいた。

うーん、これって感じのものがないなぁ。

アクセサリーをしてるイメージはないし、ピアスはもうしてないみたいだし。ネクタイは花村さんたちから過去にももらっているだろうし、服は好みがわからないし。

そもそも、静がどんな色や柄を好むのか、趣味や好きなものなど、なにひとつわからない。

私、思った以上に静のこと、知らなかったんだなぁ。

……いや、付き合ってた時も同じことを思っていた気がする。

好みがわからなくてプレゼントを決められず、結局手作りお菓子ならはずさないだろうとガトーショコラを作ったんだよね。甘いものはあんまり得意じゃないって言ってたから、ビターチョコで甘さ控えめにしてみたんだ。

あの頃のことを思い出すと、喜んでくれた静の笑顔が浮かんだ。

おいしい、って綺麗に全部食べてくれたんだよね。うれしかったな。だけどさすがにこの年で手作りお菓子はないよね……。

うーんと悩みながら駅前を歩く。すると、一軒のカフェが目に入った。

それは、白とスカイブルーの色を組み合わせた爽やかな外壁をした、オシャレな二階建てのカフェ。白い木製のドアと窓枠が北欧テイストでかわいらしい。

こんなオシャレなカフェができたんだ！

こっちの通りは久しぶりに来たから知らなかった。けれどまだ真新しいし、オープンして一年くらいだろう。

ちょっとお茶でもしようかな。

外観に惹かれ、休憩がてら立ち寄ることにした。

ドアを開けるとカランとベルが鳴る。それを聞きながら店内を見回すと、二階吹き抜けの広々とした空間で、内装はライトベージュを基調としており雰囲気がとてもいい感じだ。

「いらっしゃいませ、一名様ですか」

「あ、はい……ってあれ？」

声をかけられ、店員のほうを見る。すると、そこにいたのは黒いダブリエを身につけた森くんだった。

「も、森くん⁉」

「あれ、果穂だ。いらっしゃい」

まさかここで会うとは思わず目を丸くする。一方で森くんは相変わらず愛想のない顔で、私を奥の席へ通した。

「なんでここに？」

「なんでって、ここ、うちが経営してるカフェだから。前に言っただろ、自営業やってるって」

そういえば、この前の飲み会で言っていた。

「森くんの家って、食堂じゃなかった？」

「俺が継ぐにあたってカフェに変えたらそれが大あたりしてさ。ここは二号店」

「へぇ……すごい」

跡を継ぐタイミングと店の改装が重なり、ならばいっそ業態も見直そうということになって、カフェにしてしまったというわけだ。

でも二号店まで出せるなんてすごい。

席に着きメニュー表を開くと、飲み物からケーキまで軽食を中心に種類豊富に並んでいた。

「じゃあ、アイスカフェラテとミルフィーユで」

「はい、了解」

注文をすると、ほどなくしてアイスカフェラテとミルフィーユが運ばれてきた。

真っ白なお皿にのったミルフィーユは、ハート形で、生地と生地の間にいちごと生クリームが挟まれている。なんともかわいらしいその見た目に、思わずスマートフォンで写真を撮ってから食べ始めた。

フォークでひと口食べると、サクッとした食感といちごのみずみずしさ、甘すぎないクリームが口の中で溶け合う。

「ん、おいしい〜！」

「だろ？　雑誌にも載るくらい人気なんだよ、うちのミルフィーユ」

あまりのおいしさに顔が緩む。そんな私に森くんはうれしそうに、メガネの奥の目を細めた。

これは人気店になるのも納得だ。うん、おいしい。

続いて口にしたアイスカフェラテも、濃い目のコーヒーとミルクがコク深い。

味わう私に、森くんはふと思い出したように言う。

「そういえば、果穂って伊勢崎と付き合ってるのか？」

「え⁉」

な、なにをいきなり⁉

まさかの突然の問いかけに、アイスカフェラテが変なところに入りむせてしまう。

「いや、この前の飲み会のときふたりで帰ってたじゃん？　そういえばふたり昔付き合ってたし、もしかしたらって」

それは、先日の飲み会の帰り際、静が私の腕を引いて帰った時のことを言っているのだろう。やっぱり噂になってしまっていた。そう思いながら慌てて否定する。

「ないない。付き合ってたっていっても十二年前のことだし、これまでまったく会ってなかったし、そんな今さら」

「へぇ。それにしては親しげに見えたけど」

「それは、その……」

久しぶりに会っただけの関係には到底見えなかったのだろう。森くんは疑わしそうな目でこちらを見た。その視線から感じる無言の圧力に、思わず目が泳ぐ。

あぁ、これじゃあなにもないとは言い通せない。けれどこのまま、やっぱり付き合ってるんだと噂を流されてしまっても困る。

そんな思いから、観念して私はこれまでのことを簡単に話した。

職場でいろいろとあり現在休職中であること。そこで再会した静の紹介で、彼の事務所で事務仕事を手伝っているということ。

「じゃあ今、伊勢崎のところで仕事手伝ってるのか」

「うん。でも本当それだけだし、来月には職場に戻るし」

その説明で森くんはようやく納得したようで、そうだったのかとうなずいた。

「けど少しでも付き合った仲だろ？　復縁とかありえるんじゃないのか」

「ないない。お互いそういう気持ちないし、静もあれだけモテるのに私なんて選ばないよ」

自虐っぽく言って、あははと笑う。そんな私に彼は、少し黙ってからたずねた。

「……ずっと疑問だったんだけどさ、なんでお前ら別れたんだ？」

「え？」

「付き合うまでも仲よかったし、付き合ってる時もなんとなくうまくいってそうな感じだったけど」

十二年前、どうして私と静が別れたのか。それは、無意識のうちに記憶に蓋をしてしまっていたこと。

不器用だったけど、好きだった。静のことが大切で、一緒にいると楽しくて、心から笑えた。

それなのに、彼と別れた理由は。

『しょせん、入江さんの存在ってそんなものですよ』

そう言ってこちらを睨む、あの子の姿がフラッシュバックする。

「果穂?」

その声にはっと我に返ると、目の前では森くんが不思議そうな顔で手をヒラヒラとさせている。

「ご、ごめん。ぼんやりしちゃった」

「大丈夫か? 暑さにやられたか?」

そうかもと笑ってごまかす。話題を変えようと辺りを見回すと、いつの間にか店内が先ほどより混んできたことに気づいた。

その視線に、森くんも店内の状況に気づいたようだ。

「じゃあ俺そろそろ仕事戻るけど、ごゆっくり」

「うん、ありがとう」

「またいつでも、なんでも話しにこいよ」

森くんはそう言って小さく笑うと、私の頭をポンポンとなでてカウンターの奥へ入っていった。

いい人だなぁ、森くん。そういえば高校時代も、部活のこととか勉強のこととか、なにかとよく話を聞いてくれたっけ。無愛想だけど面倒見のいいタイプなんだよね。

一番仲がよかったのは静だけど、静の周りにはすぐ人が集まっていたから。ふたりでゆっくり話す時間ってあんまり持てなかったんだ。

そんなあの頃のことを思い出しながら、お皿とグラスを空にして、会計を済ませると私はお店をあとにした。

外に出ると空はすでに暗く、街頭には明かりがともっている。それを見ながら、先ほどの森くんとの会話を思い出す。

あの頃、静と別れた理由……か。

すっかり忘れてしまっていた。というか、思い出さないようにしていたのかもしれない。

初めて人から向けられた敵意と、彼を信じることができなかった自分の弱さ。

それらを思い出すと、胸がきゅっと苦しくなる。

「入江！」

その瞬間、突然大きな声とともに腕を引かれた。

驚いて振り向くと、それは静だった。息が上がっている彼は、私の手を掴んだまま苦しそうにしている。

「静？　どうしてここに？」

「ちょうど通り走ってたら、入江が歩いてるのが見えたから……車止めて、追いかけてきた」

このたくさんの人が行き交う夜の街で、私の姿を見つけて、つかまえてくれたの？

そんなに息を切らして、必死に。

また明日、事務所でいくらでも会えるのに。そんな彼が愛しくて、ついクスクスと笑った。

「また明日、会えるのに。必死すぎ」

「あ、たしかに！」

よほど衝動的に動いたのだろう。言われて気づいた様子の彼が、いっそうおかしい。

笑い続ける私に、静は少し恥ずかしそうに頭をかいた。

「ところで、なにしてたの？　もうとっくに仕事は上がったでしょ」

「ちょっと買い物してたの。誕生日プレゼント探しに……はっ」

言ってから、はっとして口を塞ぐ。

わ、私のバカ！

静本人に誕生日プレゼントの話してどうするの！　しかも結局なにも買えていない

のに。

誰の、なんて言わなくとも当然本人には通じたのだろう。静は少し黙ってから、ふっと笑う。

「それ、誰の誕生日か聞いてもいい？」

意地悪く聞く彼に、ここで嘘をついても無駄だということくらいわかっている。

ゆっくりと静を指差すと、彼はうれしそうに、まるで子供のような笑顔で笑った。

その笑顔に、胸がキュンとときめく。

「で、でもまだなにも買えてないの！　なにがいいかもわからなくて……」

「じゃあ、リクエストしてもいい？」

「え？　うん、私が買えるようなものなら」

静自身が欲しいものがあるのなら、それはそれで好都合だ。

ただし、ものすごく高いものじゃありませんようにと心の中で願うと、静は顔を近づけて口を開く。

「入江」

「えっ……」

わ、私……!?

「が、作ったチョコケーキ」

……チョコ、ケーキ？

一瞬ドキッとさせられてしまったけれど、続けられた言葉にそのときめきも消えた。

ここでまさかチョコケーキが出てくるとは思わず、キョトンとしてしまう
「へ？　ケーキ？」

「高校の頃、作ってくれたじゃん。あれよりうまいケーキといまだに出会えないんだよね」

高校の頃に作ったチョコケーキって、あのガトーショコラだ。よく覚えていたなぁ。

「わかった、じゃあ明日作って……」

明日作って持っていくから、そう言いかけた言葉を遮るように、静は私の腕を掴む。

「じゃあ、今からうち行こ」

「え？」

「せっかくなら作りたて食べたいじゃん。ね」

そう言った静は有無を言わさぬ笑顔だ。

いや、べつに明日でもいいでしょ……とも思うけれど、誕生日の人の意見を尊重するべきかもとも思う。

答えるより先に歩きだしてしまう静に、私は流されるようについていった。

仕方ない……作ってあげるか。普段ガトーショコラなんて作らないから作り方もうろ覚えだけど。

スマートフォンでガトーショコラの作り方を検索してから、スーパーに寄って材料を買い、私たちは静のマンションへ向かった。

そしてキッチンに立つと、早速買ってきた材料を取り出す。

「なにか手伝うことある？」

「誕生日プレゼントなのに手伝わせちゃダメでしょ。静はゆっくりしてて」

その背中を押してキッチンから追い出す。静は「はーい」と返事をして、ノートパソコンを手に奥の書斎へと向かう。おそらく持ち帰った仕事をするのだと思う。

邪魔しないように、なるべく静かに作ろう。

そう決めて、スマートフォンの画面を見ながら、取りかかった。

でも静、私からの誕生日プレゼント覚えていてくれたんだ。静は、どんな些細なことも、ひとつひとつ覚えてくれているな。

この十二年、その胸にほんの少しでも私の面影が残っていたのかも。

そう思うとうれしくて、胸の奥がくすぐったい。

それから一時間ほどで、ガトーショコラはできあがった。

「うん、いい香り」

焼き加減も絶妙で、表面はサクサク、中はふんわりと久しぶりにしてはうまく作れたかも。

できあがったガトーショコラをひと切れお皿にのせて、リビングのローテーブルに置く。ちょうどそのタイミングで静もリビングへやって来た。

「わ、おいしそう」

静はソファに腰を下ろすと、さっそくフォークを手にひと口食べた。

見た目はいいけど、味は大丈夫かな。なるべくあの頃と同じになるように甘くなりすぎないように作ったんだけど。

静の隣に座りドキドキしながら様子を見ていると、静は顔をほころばせる。

「うん、やっぱりおいしい」

そのひと言に、ホッと胸をなで下ろす。

よかった、おいしいって言ってもらえた。

「人気店や名店のものもいろいろ試してみたんだけど、どれも甘くてダメだったんだに作ったの」

「あ……うん。静甘いの苦手って聞いてたから、あの時もなるべく甘くならないようよね」

「やっぱり。おいしさの秘訣は入江の愛が感じられることだよねぇ」

愛って……。またそうやってふざけたことを言う。

あきれたように笑って静を見ると、彼は心からうれしそうに笑った。

あの頃と変わらない、その笑顔が好きだなぁ。

そう自然に思うと同時に、つられて私も笑ってしまう。

「一日早いけど、誕生日おめでとう」

十二年ぶりに言えた言葉。

そのひと言に静はそっと微笑むと、フォークを一度置いてこちらへ手を伸ばす。

そして私の頬に手を添え、優しく額を合わせた。

「ありがと」

そう言って微笑む彼からは、チョコレートの香りがする。不意に近づいた距離に、

恥ずかしくてパッと距離を取った。

いきなりこの距離は反則……！

家にふたりきりだし、ドキドキしてきちゃったし、なにかほかの話題を探そう！

考えて、そういえばと思い出す。

「そういえば、今日駅前のカフェに行ったんだけど、あそこ森くんがやってるお店なんだね」

「森？」

「うん。たまたま寄ったらいてさ、びっくりしちゃった」

なにげなく切り出した話題に、静は「へー」と少し元気をなくす。

「……ってことは、さっきまで森といたってこと？」

「え？　うん、そうだけど」

笑顔といえば笑顔だけれど、どこか目が笑ってない気もする。

あれ、ついさっきまでニコニコしてたのに。どうしたんだろう。

そういえば、この前も森くんの話題になるとちょっと様子がおかしかったかも。もしかして、私が知らないだけで静と森くんって仲悪いのかな。

「静、どうかした？」

「え？　ううん、べつになにもないよ？」

「嘘。絶対なにかあるでしょ」

しつこく食い下がる私に、静は少し黙ってなにかを考えてから、困ったように頬をかいた。

「ね、入江。もう一個誕生日プレゼントもらってもいい?」

「もう一個?」

すると静は自分の脚の間をポンポンと軽く叩いて示した。それは『ここに来て』と言うかのように。

「えっ、静? それって……」

「おいで。入江」

そこに座るなんて恥ずかしい、けれど静の誕生日だし、プレゼントとしてだし。

自分に言い聞かせると、私は勇気を出して静の脚の間にすっぽりとおさまるように座った。

そんな私を彼はうしろから包むように抱きしめた。

「な、なにをいきなり!?」

「ちょっとだけ。独り占めさせてほしいなって」

独り占めって……。静の考えがよくわからない。

だけど嫌な気持ちにはならなくて、むしろ、ドキドキと胸が鳴る。

静の体温に包まれて、そのゴツゴツとした体に身を委ねるように力を抜いた。

「ケーキ、せっかくだし入江も一緒に食べようよ」

「でも、静へのプレゼントなのに」

「ふたりで食べたほうがもっとおいしいじゃん」

そんな会話をしながら、静は私をうしろから抱きしめたままフォークでガトーショコラをひと口分取ると、私の口もとに寄せた。

「はい、あーん」

甘やかすようにも甘えるようにも聞こえるその声に、私は観念して口を小さく開ける。ひと口食べると、ほろ苦さの中にほんのりと甘みを感じた。

「おいしい?」

「……よくわかんない」

「えっ、そう?」

静は、その答えは予想外といった様子で笑った。

密着する体にドキドキして、おいしさもよくわからないよ。

早くなる、この心臓の音が彼に聞こえてしまいませんように。

そう願いながら、その体温を受け入れていた。

打ち上げ花火

八月四日、静の誕生日当日の朝。今日もいつも通り身支度を済ませた私は、家を出て、事務所へと出社した。

昨日はあれから静とふたりでガトーショコラを食べて、話したりテレビを見たりとゆっくりと過ごした。

その穏やかな時間が心地よくてつい長居してしまったけれど、静は嫌な顔ひとつせず、帰りには車で送り届けてくれた。

……でも、なんで昨日いきなり抱きしめたりしたんだろう。

それに森くんの話をしてからの様子もおかしかったし。やっぱり仲悪いのかな。そんなに仲悪いイメージなかったんだけどなぁ。

そんなことを考えながら、事務室で仕事を始める準備をしていると、そこへ静が入ってきた。

「おはよ、入江」

「あ……おはよう」

昨日ふたりきりで過ごしたせいか、今さらだけどなんか意識しちゃうな。

「昨日はありがと。帰り遅くなっちゃったけど、大丈夫だった？」

「うん。わざわざ送ってくれてありがとね」

静は小さく笑って私の頭をぽんとなでた。その優しい手に、また胸がときめきを覚える。

その時、ガチャリと事務室のドアが開けられた。

「おはよー！」

元気よく現れた壇さん、そのうしろには花村さんもいる。ふたりの姿に、静は自然と私から距離を取る。

「伊勢崎先生、誕生日おめでと！　ってことでこれプレゼントです！」

壇さんがそう言ってデスクにドン！と置いたのは、リボンがつけられた一升瓶。

『猛虎《もうこ》』と書かれたそれは、見るからに日本酒だ。

「私からはこれ」

続いて花村さんがデスクにドン！と置いたのは、リボンがつけられたボトル。なにやらフランス語が書かれたこちらはどうやらワインのようだ。

朝から目の前に置かれた二本のお酒に、静は苦笑いを浮かべた。

「なんでふたりしてお酒……」

「いろいろ悩んだ結果です。伊勢崎先生お酒弱くてすぐ寝ちゃうし、これで特訓してください！」

なんて豪快な……。これを持って電車に乗ってきたかと思うとその姿がおかしくて、思わず「ふふ」と笑ってしまう。

するとと壇さんはそんな私へ目を向けた。

「果穂はなにあげたの？」

「あ、えっと、お菓子を」

「お菓子？　それだけ？」

『それだけ？』の言葉に思い出すのは、昨日静が口にした『もう一個』のプレゼント。

抱きしめられた腕の感触を思い出し、ボッと頬が熱くなる。

「は、はい！　それだけ！　それだけです！」

慌ててうなずく私に不思議そうな顔をしながらも、壇さんは「そういえば」と思い出したように話題を変える。

「そうだ。私今週の土日はいっさい仕事入れないから、急な打ち合わせとかなしでお願いね」

「あ、私も」

それは今週末の予定について。時には急遽相談や打ち合わせが入ることもあるため、それを受けてしまわないように私はきちんとメモを取る。

「ふたりとも用事ですか？」

「ええ。土曜日、花火大会あるじゃない？　そこで友達の出店手伝ってそのままオールで飲み会が毎年の恒例なの」

「私は家族と行くから。たまには子供と主人に家族サービスしなくちゃ」

花火大会……。

ふたりの言葉に、駅前に花火大会のポスターが掲示してあったことを思い出す。

そういえば毎年、八月の第二土曜日に花火大会があったっけ。子供の頃は家族と、中学生からは友達とよく行っていた。

……思えば最後に行ったのは、高校三年生の夏。静と行って以来、行けてないや。

思い出されるその記憶を押し込めて、ふたりに「わかりました」とうなずくと、私は仕事に取りかかった。

十二年前、静とふたりで行った花火大会。

慣れない浴衣《ゆかた》で精いっぱい着飾って、駅で待ち合わせた。人混みの中でそっとつないだ手が汗ばむのが恥ずかしくて、緊張して。耳まで熱くなったのを今でもよく覚えている。

そして海岸沿いの道で花火を見ながら、一度だけ短いキスをした。

彼との、最初で最後のキス。空に上がる花火の明かりに照らされるまっすぐな目が、一心にこちらを見つめていた。

「入江」

「わっ」

その日の午後。打ち合わせ中の壇さんのために給湯室でコーヒーを入れていると、突然声をかけられた。

一瞬で現実に戻されたように振り向くと、給湯室の入り口に静が立っている。

「俺にもコーヒーちょうだい」

「あ、うん」

花火大会でのキスを思い出してしまったせいか、静の顔が直視できない。

静用の青いカップにコーヒーを注ぎ、彼に手渡す。そしてすぐ顔を背けるように彼に背中を向けて、壇さんたちの分もコーヒーを注ぐ。

けれど静はそこから去る気配はなく、むしろこちらへ近づいた。背後に立つ彼の気配に、背中から緊張する。

「入江、土曜日予定ある?」

「え? ないけど……」

「じゃあ、一緒に花火大会行こうよ」

まさか、この年になってまた誘われるとは思わず、驚いてしまい振り向いた。けれど『ダメ?』と問いかけるかのように静が見せる笑顔に、断れるはずもない。

「うん……いいけど」

「やった。じゃあ、夕方六時に迎えにいくから」

小さくうなずいた私に、静はうれしそうに笑うと私の頭に小さくキスをして、コーヒー片手に部屋を出た。

静と、花火大会……。もう一度行けるなんて夢にも思わなかった。

その誘いに特別な意味なんてないのかもしれない。ふたりとも相手がいないから、ただそれだけなのかもしれない。

だけど、そうだとしても。うれしさが隠せないのはどうしてだろう。

それから木曜、金曜と仕事を終え、迎えた土曜日。

週末でさらにこのあたりで一番大きな花火大会ということもあり、海岸最寄りの小さな駅前は大勢の人でごった返している。

その中で日が暮れ始めた十八時、私はひとり改札前に立っていた。

静は家まで迎えにきてくれると言っていたけれど、今日は家に両親がいる。ふたりに静を見られようものなら『やっと結婚相手を紹介してくれるのか』と大騒ぎになりかねない。

それは避けたくて、急遽待ち合わせ場所を変更してもらったのだった。

浴衣姿の女の子たちの中、私の格好はというと、フレンチスリーブの白いカットソーに、ストライプ柄のワイドパンツの洋服だ。

浴衣を着ようかと思ったけど、クローゼットの奥にしまい込んだままだし、十代の頃に着ていたようなものだし。それに、気合が入っていると思われるのも恥ずかしい。

恋人同士だったら、あれこれ考えずに浴衣着たり、かわいいと思ってもらえるような格好をするんだけど。

チラッと周りを見ると、浴衣姿で歩く高校生くらいの男女がいる。仲睦まじく手をつないで歩くその子たちに、懐かしさやうらやましい気持ちがこみ上げる。

その時、ポンッと肩を叩かれた。

「あ、静……」

てっきり静だと思って振り向いた。けれど、そこにいたのは見知らぬ男性。大学生くらいだろうか、私より結構年下だろう彼はこちらを見てニッと笑う。

「お姉さん、なにしてんの？　ひとり？」

「……人と待ち合わせ、してるので」

「えー？　ここで会ったのもなにかの縁だし、俺と花火見ようよ」

ナンパだ。いくら彼氏がいないとはいえ、そんなものになびくほどではない。そう流すように無視をするけれど、彼は強引に肩を抱く。

「無視とか傷つくんだけど。ね、いいじゃん」

「ちょっと、離して……」

ベタベタと体を触られ、鳥肌が立つ。さすがに声を荒らげようとすると、伸ばされた腕が私の肩を抱いていた手を捻り上げた。

「いって！」

痛がり声をあげる彼に、見るとそれは静の手だった。

「人の連れになにしてんの？」

笑顔のまま、腕をひねる手に力をこめる彼に、男性は「す、すみません！」と半泣きになりながら逃げていった。

そのうしろ姿を見て、静はあきれたように笑う。

「ありがとう、助かった」

「どういたしまして」

少しよれた肩を直していると、白いシャツにロールアップしたパンツ、黒いボディバッグを合わせた静は私の姿を上から下まで見た。

「で？　なんで洋服なの？」

「え？　ダメ？」

「いや、浴衣で来るのかなって期待してたから」

ちょっと残念そうに言いながら、静は私の手を取り歩きだす。手を包む長い指の感触が愛しくて、私も軽く握り返した。

……そっか。期待、していたんだ。

そんなふうに思ってくれていたのなら浴衣でくればよかったかもと、洋服を選んだ自分の選択をちょっと後悔した。

彼とふたり、駅から海岸沿いまでの出店が並ぶ通りを歩く。

「ここの花火大会、久しぶりに来た。それこそ、十二年ぶりかも」

「俺も。入江と来てからずっと来てない」

「なんで?」

静はこっちに住んでいたんだし、来ようと思えば来られるだろう。

なのにどうしてと浮かんだ疑問を投げかけると、静は前を見たまま答えた。

「……花火大会の思い出、誰とも上書きしたくなかったから」

それは、私との思い出を残しておきたかったということ?

なんでとたずねたいけれど、答えを聞くのが怖くて言葉をのみ込む。静もそれ以上言葉を足すことはなく、つなぐ手に力をこめた。

「花火始まるまでまだ時間あるし、出店見て時間つぶそうか。なにか食べる?」

「たこ焼き食べたい。あ、でもお好み焼きも……」

「あはは、じゃあふたりで分けて食べよう」

手をつないで歩いて、ふたりでひとつのものを分けて食べて、こうしているとまるでデートみたい。なんて、錯覚してしまう。

しばらくそうして静と食べ歩いていると、不意に浴衣姿の女性が目に入る。

同時に彼女もこちらを見たので、目が合った。その浴衣姿の女性はなんと、花村さんだった。

「あら、伊勢崎先生……と、果穂ちゃん？」

「は、花村さん！」

薄紫色の浴衣がよく似合っている花村さんは、私と静の顔とつながれた手を見てなにかを察したように笑う。

「あ、いや、これは……」

「ふふ、今は深く聞かないであげる。あ、この奥の焼きそば屋さんに都子いるから、冷やかされたくなかったら行かないほうがいいわよ」

花村さんはそう笑うと、すぐ子供に呼ばれていってしまう。

たしかに、壇さんに見られようものなら、『なんで⁉　付き合ってるの⁉』と問いつめられ冷やかされそうなのが想像つく。

静も同じことを考えたらしく、花村さんが指していた方向とは逆に歩きだした。

「やっぱり地元だし、知ってる人と会っちゃうよね」

苦笑いをする静に、私もうなずく。

「前に一緒に来たときも、知り合いと会うたびに手離してたよね」

思い出すのは、あの日の記憶。

大した会話もないまま、ふたり手をつないで歩いた。その手は、友達や近所の人を見かけるたびに離されて。けれどまた、自然とつながれた。

「懐かしいなぁ。あのときたしか、向こうの海沿いで花火見て……」

海岸沿いで花火を見て、キスをした。

それを思い出し、自ら言いかけたことに頬がぼっと熱くなる。私のその反応に静も同じことを思い出したようで、同じく頬を染めて顔を背けた。

わ、私のバカ！　わざわざあんなことを話題に出そうとするなんて！

気まずい、なにかほかの話題を……！

焦って周りを見回すと、不意にテントの下にいる森くんが目に入る。

きっと出店としてきているのだろう、黒いエプロンをした彼にすがるように話題を変えようとする。

「あっ、あんなところに森くんが！　森く――」

彼の名前を呼ぼうとした、けれどそれは突然私の腕を引っ張って歩きだした静によって遮られた。

「わっ、静？」

いきなりどうしたんだろう。

必死についていきながら思うけれど、静は無言のままズンズンと歩いていく。

はっ、そういえば静、森くんと仲悪いんだった！

ふと思い出し、先ほど自分がまた無神経に森くんの話題を出してしまったことに気づいた。

「ねぇ静？　静って森くんと仲悪かったっけ」

突然の私の問いかけに、静は足を止め不思議そうに振り向く。

「べつに普通だけど。なんで？」

「だって静、森くんの話題になるといつもなんか変だから……苦手なのかなって」

申し訳なさから声が小さくなる私に、静は困ったように頬をかく。

「あー……違う、仲悪いとか苦手とかじゃなくて」

「え？　違うの？」

それじゃあ、どうして？

疑問に思い首をかしげると、静は少し黙って、言いたくなさそうに、けれど観念したように口を開いた。

「……ただの、嫉妬」

人混みの中、ボソッとつぶやく彼を見ると照れくさそうな表情だ。

嫉妬……？　森くんに、対して？

そっか、だから私が森くんの話をするたびに機嫌が悪くなって。でも、なんで嫉妬なんて？

それじゃあまるで、静が私のことを好きみたいじゃない。

心の中で行き着いた答えに、一気に恥ずかしくなり耳まで熱くなる。

なんて、自惚れすぎだ私！

だけどそんなふうに期待してしまう。

頬も耳も、熱い。絶対真っ赤になっているだろう自分の姿を想像して、ここが薄暗いところでよかったと心から思う。

「ちょっと人増えてきたね。もうすぐ花火始まる時間だし、ちょっと移動しようか」

「う、うん」

腕時計を見ると、時刻は花火が打ち上がる十九時まであと三十分と迫っていた。

静に連れられるがまま歩くと、静は道を一本入っていく。その先にあるバス停近くには一台の黒い車が止まっていた。

静が近づくと、車から降りてきたスーツ姿の男性が後部座席のドアを開ける。

「伊勢崎様、お待ちしておりました」

「どうも。お願いします」

そう応えて、静は先に私を車に乗せて自分も乗り込んだ。

「え？　静、これなに？　どこ行くの？」

「いいところ」

いたずらっぽく笑ってそれ以上は教えてくれない。

いいところって……どこ？

てっきり海岸沿いで普通に花火を見るだけだと思っていた。なのにハイヤーで、いったいどこへ？

戸惑っているうちに車は止まり、運転手は外からドアを開けてくれた。

ゆっくりと降りて顔を上げると、そこはみなとみらいの駅からほど近い有名ホテル。種類豊富なレストランや結婚式場、ＶＩＰ専用のラウンジなどを兼ね備えた、地下三階地上二十五階のラグジュアリーホテルだ。

雑誌やテレビでも取り上げられているのをよく見るうえに、専任バトラーがいるクラブフロアがあることでも知られているようなところだけど……。考えれば考えるほど、なぜここに連れられてきたのかよけいわからなくなる。

「ねぇ静、ここって……」

「言ったでしょ、いいところだって」

静がフロントで手短に受付を済ませると、客室係の男性が部屋へと案内してくれた。

「こちらがお部屋となります」

その言葉とともに連れられてきた部屋は、最上階の二十五階にあるスイートルーム。白色と青色を基調とした、上品で爽やかな雰囲気の部屋だ。

ホテルの一室ということを忘れさせるような広々とした部屋に入ると、一番に目に飛び込んできたのは窓から見えるオーシャンビュー。

横浜のきらびやかな夜景の中、先ほどまでいた出店が並ぶ通りが、細くまたたく光の筋に見えた。

「ただ今ルームサービスをお持ちいたします。なにかございましたらラウンジにバトラーがおりますのでお申しつけくださいませ」

そう言って客室係が出ていくと、私は早速窓を開けバルコニーへ出る。そこには丸テーブルと椅子が用意されており、それを見てようやく彼がここに来た理由に気がついた。

「もしかして、ここで花火を?」

「正解。せっかくだし、ゆっくりお酒でも飲みながら眺めのいいところから見たいなって思って」

「大人……！」

たしかに少し離れているけれど、ここからなら夜景も楽しみつつ花火も見られるだろう。

話しているとドアがノックされ、ルームサービスが運ばれてきた。

花火の時間も迫っているということもあり、さっそくシャンパンを開けて、スリムなシルエットのグラスに注ぐ。

そして椅子をふたつ並べて座ると、軽く乾杯をしてひと口飲んだ。

「絶景とおいしいお酒、最高……」

夏の夜風に涼みながら、気の抜けた声が出る。

「それにしても、よくこんなオシャレなところ知ってたね」

「うん、何年か前に仕事でここの関係者と知り合って教えてもらってさ。それ以来、毎年花火を眺めるためだけにここに来てる」

だからあんなに慣れたふうだったんだ。

でもこんないい部屋にひとりで泊まるわけもないだろうし、女性と来ていたってことだよね。

そう思うと、少し胸がチクリとする。

「こんないい部屋で花火見るなんて、さぞかし相手も喜んだでしょうね」

胸に感じた痛みから、思わず嫌みをぶつけてしまう。そんな私のかわいげのない態度に、静はシャンパンを小さくひと口飲んで笑った。

「それが、毎回男ひとりで来てたもんだから悲しいよねぇ」

「え？　そうなの？」

ひとりで？

意外すぎるその答えに、グラスの中身をゴクンと飲み込んで驚いた。

「あ、今寂しい男って思ったでしょ」

「えっ、思ってないよ。ただ、てっきり恋人と来てるとばかり思ってたから意外で」

空になったグラスを目の前のテーブルに置くと、静も同様に飲みかけのグラスを置いた。

「ここにはいつか、大切な人を連れてきたいって思ってたから」

穏やかなその声に彼を見ると、前を見つめるその横顔は優しい目をしている。

大切な人を……なんて、そんな言い方をされたらまた勘違いする。自分が静にとってそう思ってもらえてるような存在なのかなって、期待する。

なんて、自惚れすぎかも。

そんな自分が少し恥ずかしくて、海岸のほうを見た。遠くの明かりを眺めているだけで、にぎわっている様子が伝わってくるような気がする。

再び視線を隣の静へと向けると、街を見つめていたその横顔は、私の視線に気づいたようにこちらを見る。

しっかりと交わる視線に、つい目を逸らした。

「……入江」

そして彼が私の名前を小さく呼んだ、その時。ふたりの頭上に、ドン！と大きな花火が上がった。

体の奥に響く大きな音と、空を覆うほどに広がる花火。それらにふたりそろって視線を一気に奪われる。

「わ……綺麗」

「うん、すごいね」

次々と打ち上がる花火の迫力に圧倒されながら、静を見ると、その顔も自然とこちらを向いた。

薄暗い空の下、互いの顔がよく見えるほどに花火のあかりが照らす。

そのまぶしさに、あの日の景色が重なった。

こうしてまた静とふたりで花火を見る日が来るなんて、夢にも思わなかった。

うれしい。幸せ。

胸にこみ上げる思いを噛みしめて、ようやく気づく。今、この心が彼に惹かれていること。

過去の熱に浮かされているのではない。現実から逃げているわけでもない。

今の彼の優しさや温かさに、今の私が惹かれている。

静は手を伸ばし私の頬にそっと添えた。ドキッとまた胸が音を立てる。けれどまっすぐこちらを見つめるその目に、今度は目を逸らせない。

そして少しずつ、ゆっくりと近づくと静は唇を重ねた。

ドン、ドンと打ち上がる花火の下で交わすキスは、あの頃の短いキスとは違う。

吸いつき、絡み合う、深いキス。

重なっては離れて、また重なってをしばらく繰り返し、吐息が漏れ唇は離れた。

溶けてしまいそうなその口づけに体から力が抜けてしまいそう。そんな私の体を、静はぎゅっと抱きしめる。

「果穂……好きだよ。俺はずっと、あの夏を忘れたことなんてなかった」

その言葉を示すように、抱きしめる腕にはぐっと力がこめられた。
「再会を無駄にしたくない。もう、離したくないんだ」
そして再び、ゆっくりとキスをする。
もう十二年も前のことを、忘れたことがなかった、なんて。そんなのありえない。
きっといつもの冗談だ。
そう思いながらも、うれしくて、そのキスを素直に受け入れた。
静の優しさ、体温、指先、言葉。ひとつひとつ、すべてが愛しい。
ねぇ神様。あの日恋を失い傷ついたことも、逃げたことも、噴水に落ちたことも。
このための運命なのだとしたら、すべて受け入れるから。
今はこのまま、ふたりきりでいさせて。
あの夏の恋の続きを、ここから始めさせてほしい。
花火が終わったその後も。今度は、終わることなく。

過去

花火の打ち上がる夜空の下、重ねられた唇は熱を帯びた。

このままずっと、時が止まればいい。

そう願ったのなんて、どれくらいぶりだろう。


花火大会から二日が経った月曜日の朝。通勤ラッシュで混雑する電車の中、暑そうだったり気怠げなサラリーマンやOLに囲まれた私は、ひとり緊張していた。

あの日、あのままキスを重ね、抱きしめ合った私たち。花火大会が終わる頃、静は私の体を抱き上げ奥のベッドルームへ連れていってくれた。

もしかしてこのまま、と一瞬緊張もしたけれど、静はベッドの中で私を抱きしめそっと頭をなでた。

少し拍子抜けしながらも、その手の優しさと体を包むぬくもりが心地よくて、気づけば私は寝てしまっていた。

ひと晩一緒にベッドで過ごしながらも、それ以上のことはなにもないあたりが紳士的な静らしい気もする。

翌朝起きるとそこにはいつも通りの静がいて、互いに昨夜のキスには触れず、ラウンジで朝食を済ませて帰路へついたのだった。

『好きだよ』って……聞き間違いじゃないよね。夢じゃないよね。

同級生とか、友達とか、そういう意味じゃなくて。恋愛対象として好きということだよね？

電車に揺られながら静の言葉を思い出すと、カーッと顔が熱くなる。それを夏の暑さのせいのように装いながら、手で顔をあおいだ。

『果穂……好きだよ。俺はずっと、あの夏を忘れたことなんてなかった』

……静のあの言葉、うれしかったな。

私も、あの夏を忘れたことなんてなかった。誰と過ごしても、付き合っても。夏の暑さを感じるたび、潮の香りを嗅ぐたび、打ち上げ花火を見るたび、胸にこみ上げたのはあの夏の恋と静の姿だった。

彼も同じように、私を思い出してくれていたのだとしたら。

うれしくて、にやけてしまいそうになる。

けれど、職場では顔に出てしまわないよう気をつけなくちゃ。平常心、平常心……。

緊張する心を落ち着けて電車を降り、深呼吸をしながら駅から事務所までの道のりを歩く。

そして、もはや慣れた足取りでビルに入ると、事務所のある五階でエレベーターを降りた。

「おはようございまーす……」

事務室へ入ると、そこにはまだ誰もいない。

あれ、まだ誰も来てないのかな。

今日のスケジュールが書いてあるホワイトボードを見ると、静と壇さんの欄には『終日外出』の文字が書かれている。

静、今日一日いないんだ。

どんな顔をしていいかわからなかったし、ちょっと安心してしまう。

今週の木曜日からはお盆休みだ。この事務所も十三日から十六日の日曜日まで四日ほど休みとなる。

時間が経てば多少はこの気持ちも落ち着きを取り戻す気もするし。

するとそこに、花村さんがドアを開け姿を現わす。

「あら、おはよう。果穂ちゃん」

「花村さん。おはようございます」

にこりと微笑む花村さんは、今日はストライプ柄の爽やかなワンピースだ。ワンピースを着るといつも以上にスタイルのよさが目立つ。なんてうらやましい。

「今日伊勢崎先生も壇さんも一日外出なんですね」

「えぇ、だから今日は私たちふたりだけ。のんびり仕事片づけましょ」

にこりと微笑む花村さんに私も笑ってうなずく。

そして仕事を始めようとデスクに着こうとした……ところが。

「その前に」

花村さんはそのひと言とともに、右手で私の肩をぎゅっと抱く。

「この前の件、じっくり聞かせてもらいたいわ」

この前の件……というのは、花火大会の時のことだろう。にっこりとした笑顔、だけれど肩を抱くその手は逃さないとでもいうかのように力強い。

やっぱり忘れてなかった……。

有無を言わさぬその圧に、私は引きつった笑みで「は……はい」とうなずいた。

それから、花村さんが入れてくれた紅茶を飲みながら、私たちは自席に着く。

すっきりとしたダージリンティーの香りが室内にふんわりと香った。

「それで、ふたりはいつの間にそんな関係に？」

紅茶をひと口飲んでたずねる花村さんに、答えに迷ってしまう。

「いえ、『そんな関係』というほどのものでもなくて……」

「へぇ。ただの同級生ってだけで、手つないで花火デートなんてするかしら？」

そう言われると、たしかに……『ただの同級生』で通すのは苦しいかもしれない。

ごまかしも言い訳もきかないと判断し、観念したように話す。

「……実は、高校の頃にほんの少しだけ付き合ってたんです」

私が勇気を出してつぶやいた言葉は、花村さんにとっては予想通りだったのだろう。

彼女は驚く様子もない。

「でもそれ以来十二年間会ってもないし、私も彼氏がいた時もあるし、静にも恋人がいたこともあると思うし……お互いに思い出になってて」

懐かしい、初恋の思い出。それだけだった、はずなのに。

「それが再会して、再燃したってことかしら」

心を読むように言いあてられ、なにも言えなくなる私に、花村さんはふふと笑う。

「まぁ、今だからこそできる恋もあるわよね。あの頃見えなかったものが見えたり、素直になれなかったのが今は言えたりして」

今だからこそ、できる恋……。たしかにそうかもしれない。

あの頃は緊張とぎこちなさしかなかったふたりが、今では自然と手をつなげているように。時が経ち、今のふたりだからできることがある。

「あの頃終わってしまった恋も、今なら続くこともあるから。過去に惑わされないで、今の自分の気持ちを大事にできたらいいわね」

今の自分の気持ちを……か。

花村さんのやわらかな声に、背中を押されるような感覚を覚えながら、カップに口をつけた。

……だけど、不意に心にちらつく姿。それは、先週の森くんから、静と別れた理由を聞かれたとき思い出した存在だ。

〝彼女〟の存在が、いまだこの心を縛る。

「だけどそれならなおさら、ここ辞めちゃうのは残念ね。いつから向こうに復帰するんだっけ」

「九月からです。なのでここは今月末までで」

「じゃあ明々後日《しあさって》からはお盆休みだし、あとちょっとしか一緒に過ごせないわね。お盆明けはみんな忙しくて外出ばかりだし……」

そっか、ここで静や花村さんたちと過ごせるのもあと少し。みんなが忙しい時期となれば、なおさら会える日も少ないだろう。

たった一ヶ月ほどしかまだ働いていないけれど、楽しかったし、やめてしまうのがちょっと惜しいくらいだ。

静はまたいつでも会えるって言ってくれてたけど……そもそもお互い連絡先も交換してないから、それをしなくてはこのまま終わってしまう。

……勇気を出して、聞いてみようかな。

このままなかったことにするのは嫌だ。私も、この再会を無駄にしたくはないから。

その日の夕方。仕事を終えた私は、今日も定時で事務所を出た。

今日は結局静も壇さんも戻ることはなく、花村さんも午後に出かけて直帰するとのことで、半日近くひとりだった。

この先のスケジュールを見ても、八月後半はみんな予定びっしりで忙しそうだったし、私がいる間はこんな日が続きそうだ。

そんなことを考えながらエントランスを抜けて、建物から出た。

すると、ちょうど向かいから歩いてきた静と目が合った。

「わっ、静……」

突然のその姿に、ドキッと心臓が跳ねた。

キスのことを思い出すと、緊張してしまう。普通に、普通に……！

「入江。帰るところ？」

「うん。静は？　今日は戻らないのかと思ってた」

いたっていつも通りの彼に、私も平静を装い話す。

「その予定だったんだけど、急遽これから相談が入って」

「依頼人が来るならお茶出ししようか？」

「ううん、大丈夫。定時過ぎてるし、このまま上がっていいよ」

そっかとうなずいて、会話が途切れる。けれどお互い、その場から去ることができず黙って向かい合ってしまった。

ちょっと、気まずい。

先日のキスのこと、言葉の意味を確認したい。けれど、なんて聞いていいかもわからない……。

すると、静が先に口を開く。

「……あのさ、この前の」

そんな中で静が沈黙を破りかけた、その時だった。

「しーちゃん！」

突然響いた細い声に静とともにそちらを向くと、そこには茶色いロングヘアをふわふわとさせた女性がいた。

淡いピンクのスカートがよく似合う、小柄でかわいらしい雰囲気の彼女は、静を見て微笑む。その姿は、私の頭の中の嫌な記憶を一気に引きずり出した。

「希美《のぞみ》……なんで」

「もう、何度も電話してるのに出てくれないから。しーちゃんは事務所は来ちゃダメって言ってたけど、さすがに来ちゃったよ」

彼女はそう、チークの塗られた頬を膨らませながら静の右腕にぎゅっと抱きつく。

「この前、しーちゃんのお誕生日だったでしょ？　プレゼント持ってきたからお祝いしようよ。今日おうち行っていい？」

静はその腕を解こうとするけれど、彼女はしっかりと腕を絡めて離す様子はない。

「希美。前から言ってるけど家には……」

「あ、そうだ。この前ピアスも忘れちゃったんだけど、これ見覚えない？」

そしてそう言いながら彼女が見せたのは、右耳だけにつけられたゴールドのピアス。ハートのモチーフがついたそのピアスは、以前静の家で見つけたものと同じものだ。すっかり忘れてしまっていたけど……あの子のものだったんだ。

つまりあの子は、たびたび静の家に通っている。そう思うと胸がズキッと痛んだ。

その痛みをこらえていると、彼女の目はこちらに向けられる。

最初は私が誰かわからない様子だったけれど、徐々に思い出したようで、驚きの表情を見せた。

「え……ねぇしーちゃん、なんでこの人がここにいるの？　なんでっ……」

静を問いつめる彼女に、どんな顔でその場にいればいいかがわからず、私は逃げるようにその場をあとにする。

「入江！　待っ……」

「あっ、伊勢崎先生！　すみません、いきなり相談入れてもらっちゃって」

静は私を追いかけようとしたみたいだったけれど、そこにちょうど現れた依頼人につかまり、動けなくなってしまったようだった。

その隙に私はさらに彼から距離を取るように足を早めた。

……最悪だ。このタイミングで、あの子の存在を思い出すことになるなんて。

静が『希美』と呼んでいた彼女は、静の幼なじみ。私たちよりひとつ年下で、静のことが大好きで、いつも『しーちゃん』って呼んで静の隣を守っていた。

かわいらしくて、甘い声をしていて、そして……私たちが別れた理由の大きな部分を占めている。

「待って！」

その時、響いた大きな声に足を止める。

駅に続く大通り沿いの道でゆっくりと振り向くと、そこに立っていたのは希美ちゃんだった。

ヒールを履いた足で、私を追いかけてきたのだろう。肩で息をしながらも、その目はしっかりと私を見据える。

「……あなた、入江さんですよね？　高校の時、しーちゃんと付き合ってた。どうしてここに？」

投げかけられたその問いに、私も口を開いて答える。

「べつに、ただ仕事でお世話になってるだけだよ」

「ふーん……それならいいけど」

そううなずくけれど、不服そうなその顔から気に入らないのであろうことはあきらかだ。

険しい顔で見つめ合う私たちに、通りかかる人々は何事かと横目で見ていく。その視線を感じながらも、希美ちゃんはいっそう目力を強めこちらを睨んだ。

「でも、ちょっとしーちゃんに優しくされたからって、やり直せるなんて思わないでくださいね」

「なっ……」

「あなたがいない間、彼を支えてきたのは希美なんだから。今さらあなたにできることなんてなにもない」

なんでそんなこと、今もあなたに言われなくちゃいけないの。そう思うのに、彼女の言葉はグサリと胸に刺さる。

それを察してか、希美ちゃんはあざ笑うようにふっと笑みを浮かべる。

「私と彼の間にあなたが入る余地がないことなんて、あの頃から知ってますよね？だからあの頃と同じように、さっさとしーちゃんの前から消えて」

追い打ちをかけるようなその言葉は、苦い過去を思い出させ、それ以上会話をする気力を奪った。

話を終え事務所のあるほうへ戻っていく彼女の、華奢なうしろ姿を見ながら、私はその場に立ち尽くすしかできない。

……静と希美ちゃん、ふたりの間に入る余地なんてない。

そう。それは、あの頃強く思い知ったこと。


十二年前のあの夏の終わり。静と別れたきっかけは希美ちゃんの存在だった。

もともと静にベッタリだった彼女は、私と静が付き合い始めてからも変わらず、朝や昼休み、放課後など時間を見つけては静にくっついていた。

静はそのたび、彼女を突き放すような態度をとったり叱ったりしていたけれど、やはり幼い頃から妹のように接していたこともあり根負けしてしまうことも多かった。

私も、そこも静の優しさだろうと受け入れた反面、どこか寂しさを感じていたことも事実だ。

甘える希美ちゃんと、困りながらも許す静。そのふたりの空気は、特別だったから。

まるで私と彼女、どちらが恋人かわからないほど。

けれど、デートをして、花火大会ではキスをして……そんな時間を過ごし、少しずつ彼女は自分なんだと自信がついていった。

そんな中、花火大会の後くらいから静の様子が少しおかしくなっていった。

マメだった連絡もおろそかになり、たまに会ってもなにか考えているようでうわの空。なにかあったのか聞いても『なんでもない』とよそよそしく言われてしまう。

彼がなにかを隠しているのはあきらかで、その態度に徐々に不安は募っていった。

ほかに好きな人ができた？

……もしかして、希美ちゃんと？

そんなことない、信じたい。けれどそれでも『もしかしたら』という不安は拭えなかった。

それから、決定的な出来事が起きたのは夏休み最後の日のことだった。

その日、静と私は花火大会以来のデートの約束をしていた。遊園地へ行って一日中遊んで、最後に観覧車に乗ろう。そう計画をして、待ち合わせた。

けれど、その日静は待ち合わせ場所の駅前に来ることはなかった。

三十分、一時間、二時間……いくら待っても静は来ず、メールの返信もない、電話も出ない。

なにかあったのだろうか、事故？　病気？　トラブル？

心配で、だけど静の家も知らないから動けなくて、次第に天気は悪くなり、雨降る中待つしかできなかった。

そんな苦い気持ちで夏休みを終えた翌日。沈む気持ちで学校へ行くと、そこで待ち受けていたのは、希美ちゃんだった。

『昨日、すみませんでした。一日中しーちゃん借りちゃって』

『え……?』

『希美が、具合悪い、気持ち悪い、ママもいなくて心細いからそばにいてって泣いたら夜まで一緒にいてくれたんです』

その口から発せられたのは、昨日待ち合わせに現れなかった理由。

私が心配と不安を抱きながら、雨の中待っていた間、彼は希美ちゃんといた。その事実が、ショックだった。

『でもしょせん、入江さんの存在ってそんなものですよ。希美にはしーちゃんしかいないし、しーちゃんにも希美しかいない。希美たちが過ごした時間はあなたには超えられない』

初めて、人から向けられた強い敵意に私はなにも言い返せなかった。言い返す言葉も、自分の中に見つけられなかった。

彼の特別はあの子。だって、あんなに楽しみだったデートよりも彼女を優先するくらい。連絡のひとつもできないくらい。

彼の中での私の順位なんて、そんなもの。

その事実に、悔しいとか悲しいとか嫉妬心とか、様々な気持ちが心に巡った。

どんなに好きでも、彼の中の一番があの子なのだとしたら。あの子がそばにいてあげればいい。

そんな劣等感に押しつぶされそうになる心を守るように、私はその日、『昨日はごめん』と謝る静にそれ以上の言葉を聞くより先に別れを告げた。

『……友達に、戻ろう』

『それは、昨日の俺のせい？』

『ううん、違うよ。そもそも静には希美ちゃんがいるでしょ。……お似合いだよ』

泣きたいのをこらえて、笑って言った言葉に彼は傷ついた表情を見せた。

いつも笑顔を見せていた彼の初めて見せたその表情に胸が強く痛んだ。けれど、それでも、希美ちゃんの言葉によって負った心の傷は深く大きく、修復不可能で、逃げるようにその場をあとにした。

それ以来、部活という接点もなくなった私たちは、顔を合わせることすらなかった。

時々彼を見かけるたび意識した。けれど、そのたび彼の隣にはあの子がいて、胸を苦しくさせるだけだった。

……そっか、今でもまだ彼女は静のそばにいたんだ。

あれからの十二年間、希美ちゃんは私が知らない間の静のことも知っている。

その時間の価値は、あまりにも大きく重い。私のそれとは比べ物にならないほど。

ピアスは、あの子のだったんだ。

なによ、ちゃっかり家に連れ込んでるんじゃないの。自分に強い好意を向けてくれるかわいい子と同じ家にいて、なにもないわけがない。

なにが、あの夏を忘れたことなかった、よ。そんなの嘘なんじゃないの。

花火だって、あの子とあの部屋で何度も見てるんじゃないの。

……そんなことを思って、彼の言葉やキスより、あの子のたったひと言に揺れる自分の弱さが憎い。

こんな私に、今さらあの夏の続きを望む資格はない。

十二年前、彼女の言葉に逃げたのは私。

あの時逃げなければ、私と静の関係は続いていたのかな。もっと彼を知ることができて、希美ちゃんと静の時間を超えることができたのかな。

……ううん、変わらなかったかも。

彼の心に、彼女が特別な存在としてある限り。こうしてまた、胸の中が劣等感にさいなまれる。

その日は、うまく眠れなかった。考えたくないのに目を閉じると静の顔と希美ちゃんの言葉が浮かんできて、胸が締めつけられた。

――『今さらあなたにできることなんてなにもない』

彼女の言葉が頭から離れることなく二日が過ぎ、そのまま静と顔を合わせることもなくお盆休みに入った。

休み中もなにもする気になれず、映美からの誘いも断って家にこもって過ごした。

連休最終日、そんな私を見かねたお母さんから『たまには母娘《おやこ》でごはんでも行こう』と半ば強引に誘われ、私は横浜駅近くのシティホテルへ来ていた。

そこは以前、静が海を見に連れてきてくれたホテル。あの日のことを思い出すと、また胸が締めつけられる。その感情に蓋をして、私はテラスに背中を向け一階のビュッフェレストランへと向かった。

「ここのランチビュッフェ、おいしいのよ。果穂最近食欲ないみたいだし、たまにはちゃんとお腹いっぱい食べておきなさい！」

「うん、ありがと」

ここ最近の自分の気落ちっぷりは、お母さんにも伝わってしまっていたらしい。この年になってもまだ心配をかけているなんて、申し訳ないと思う。

私は笑みを見せながら、新鮮なサラダや焼き立てのステーキ、かわいらしいデザートなど、お皿にいろいろと盛りつけた。豪華なメニューが目の前のテーブルに並ぶ。けれど、気持ちはどうも上がらない。

……先日、結局希美ちゃんは家に行ったのかな。静のことだから、彼女が家まで押しかけてしまったら断りきれず上げてしまうんだろうな。

これまでもきっと、そうやって彼女との時間を築いてきたのだろう。

考えれば考えるほど気持ちが重くなるだけ。そうわかっていても、ふたりの姿が、言葉が頭から消えてくれない。

食事を終え、トイレへ行ったお母さんを待つべく、ロビーのソファに腰を下ろす。

結局あんまり食べられなかったな。おいしそうだったのに胸がいっぱいで入らなかった。

こんな気持ちでまた明日からバイトだなんて大丈夫かな。

そんなことを考えながら、なにげなく顔を上げた。

するとひと組の男女が、ロビーから見える中庭を歩いていくのが目に入る。

あれ……。

それは、明るい紺色のスーツに身を包んだ静の姿。そしてその隣では、花柄のワンピースの裾をひらひらと揺らす希美ちゃんが、彼の腕にしがみつくようにして歩いている。

なんで、静と希美ちゃんが……!?

まさかこんなところで遭遇するとは思わず、私は咄嗟に立ち上がり、ロビー端の柱の陰に身を隠した。

ふたりでこんなところでなにを……。

寄り添い歩くふたり。スタイルもよくかっこいい顔立ちの静と、小柄で人形のようなかわいらしさのある希美ちゃんは、まるで恋人同士のようによく似合っている。

その姿がまた胸を締めつけて、見たくないと思う反面、様子を気にせずにはいられない。

動向をうかがっていると、ふたりは中庭の奥を指さしなにかを話している。

たしかあの奥には、挙式用のチャペルがあったはず。

すると、そんなふたりの後からブライダルスタッフの制服を着た女性が来て、親しげに話をしている。

そういえばここ、結婚式場としても人気があるんだっけ。

そんなところにふたりで来て、ブライダルスタッフと話をして……その光景に、どういう意味かふと気づいた。

……あぁ、そういうこと。

私に甘いことを言いながら、静が結婚を考えている相手は結局のところその子だということ。

頭の中でたどり着いた結論に、納得しながら、一気に全身から力が抜けた。

きっと、静の言葉に意味なんてなかった。

支えてくれた優しさは、私だけに特別に与えられたものではなく、みんなが受けていたものと同じもの。

私を優しく抱きしめたのもキスをしたのも、その場の雰囲気、流れでしかない。

だって、そうだよ。今さら私たちの間になにかがあるわけがない。

冷静に考えればわかるはずなのに、そんなことにも気づけないくらい熱に浮かされすぎていた。

そんな自分にあきれて、涙すら出ない。

翌日の月曜日。私はいつもより少し早く家を出て事務所へと向かった。

昨夜は眠れなくて、いつもよりもベッドを抜け出すのが早かったうえ、なにかしていないと落ち着かなかったから。

仕事をしていれば気持ちも紛れるだろうし……事務所内を全部掃除して、事務仕事片づけちゃおう。

静は今日も外出の予定だ。顔を合わせなくていいのは、正直助かる。

なにを話していいかも、わからないし。

エレベーターに乗って五階で降りる。そして事務所へ入った、その時。

「入江」

事務室手前の通路で、静が待っていた。

「なんで……今日朝から外出じゃなかったの」

「話したいことがあったから。……この前の、希美のこと——」

この前のこと。その言葉にドキリと胸が嫌な音を立てる。

けれど、彼の口から現実を突きつけられたくなくて、私は続く言葉を遮るように口を開く。

「わざわざ追いかけてこられて牽制《けんせい》されたよ。あなたがいない間、静を支えてきたのは自分だ、って」

胸にこみ上げる苦しさをこらえ、あははと笑った。

「心配する必要なんてないのにね。私と静はただの同級生ってだけだし、今さらどうこうなるわけもないのに」

「入江、俺の話聞いて」

「なんの話？　あの子との話？」

強がりが、きつい言葉になって口から出る。

「ずっとあの子が支えてくれてたんでしょ？　よかったじゃない。私のことからかってないで、さっさとあの子と結婚でもなんでもすればいいじゃない！」

そんなこと、思ってない。だけど、静が『そうだね』と笑ってくれたら、私も笑って流せそうな気がした。

けれど、その瞬間、静は私の横にあった壁をドン！と叩いた。

突然のその音に驚き、彼を見ると、その表情はあの日と同じ。悲しげにゆがめられている。

「……なんだよそれ。入江の口からそんな言葉、聞きたくなかった」

今にもあふれ出しそうな感情をこらえるように、悲しい目をする静に、胸がズキッと痛む。

その時、背後から事務所のドアが開く音がした。

「ふぁ〜、たまった仕事片づけるためとはいえ、早出はきつい……ってあれ、ふたりとも早いわね。なにかあった？」

やって来た壇さんに「おはよう。今日は朝から出かけるから」と言うと、静は壁から手を離し所長室に入っていった。

私もなにもなかったふうを装い、壇さんに笑顔を向ける。

「壇さん。おはようございます」

強がりからかわいくない言葉を彼にぶつける私は、なにひとつ成長していない。

今も、傷つくことや劣等感から逃げているだけ。

花火の下で交わしたキスが、うれしかった。彼のことが愛しいと思った。

だけど、彼はそうじゃない。

彼のそばにはあの頃も今も希美ちゃんがいる。彼女以上に特別な存在になれるわけなんてなかった。

……もう、やめよう。彼への気持ちは思い出にしよう。

大丈夫、あの時と同じ。時間がどうにかしてくれる。

今ならまだ戻れる。

あの夏の恋を過去のものにしていた自分に。


それから静はすぐ外出していき、顔を合わせることはなかった。沈む気持ちをごまかすように一日働き、仕事を終えた私はその足で夜の街を歩いていた。

家に帰る気にはなれなくて、人でにぎわう夜の横浜の駅前通りを歩いていく。その間も頭の中には静の姿が浮かぶ。

「――穂、果穂！」

その思考を打ち消すように、突然肩を掴まれた。

はっとして振り向くと、そこには拗ねた顔の森くんがいた。

「森くん！　どうして……」

「仕事終わって帰ろうとしたら果穂が見えたから。声かけてるのに全然気づかないなんてひどいよなー」

「ご、ごめん……」

そうだったんだ、まったく気づかなかった。申し訳なく言うと、「それより」と彼は私の顔を覗き込む。

「どうした？　ぼんやりして」

「ちょっと、いろいろあって」

いくら同級生とはいえ、静とのことだし、あまり人に話すようなことでもないよね。

そう思い笑ってごまかそうとした。けれど森くんは少し考えてから、突然私の腕を
ぐいっと引っ張り歩きだした。

「よし、じゃあこれからメシ行こう」

「へ？」

ご、ごはん？　いきなりなぜ？

意味がわからず、戸惑いながらもついていくと、森くんはこちらを見てふっと笑う。

「言っただろ。なんでも話せって」

その言葉に思い出すのは、以前森くんのお店に行った時、彼がかけてくれた言葉。

私が気落ちしてるのをわかって、気遣ってくれたのかな。

だとしたら、ここはその優しさに甘えよう。

「……ありがとう」

小さく笑ってうなずくと、森くんもメガネの奥の優しい目をそっと細めた。

それから、彼に連れられやって来たのは近くのスペインバルだった。

オープンキッチンと対面したカウンター席と、四人掛けのテーブル席がいくつかあり、木材を主に使用した内装や黄色い間接照明が本場を連想させる造りをしている。けれどどちらかというと食事がメインのカジュアルバルのようで、店内はほどよい人でにぎわっていた。

その中の一番端の席で向かい合って座った私たち。その間のテーブルの上には、ピザや肉料理、サラダなど数多くの料理が並べられた。

「今日は俺の奢りだ。遠慮なく食え」

「い、いやそう言われても……さすがにふたり分にしては多い気が」

「そうか？　果穂は女子のわりには食うイメージだったけど」

それは高校生の頃の話……！　さすがにこの年であの頃と同じ量は食べないよ！

そう思いながらも、とりあえず目の前のイベリコ豚をフォークに刺してひと口食べる。甘辛いソースの味とじゅわっとした肉の旨みが口の中に広がった。

「これおいしい！」

「だろ？　このうまさならこれくらい食えちゃうだろ」

思わず顔をほころばせる私に、森くんは自信満々に笑みを見せる。

「落ち込んだ時はうまいメシを腹いっぱい食うに限る。飲食店やってる俺が言うんだから間違いない」

言いきる森くんの言葉には、説得力がある。

たしかにそうかも。おいしいものを食べるだけで、心はあったかくなるもんね。

さすがカフェのオーナーだ。連れてきてくれたお店もこんなにおいしくて……。

彼の親切心に安心感を覚えた次の瞬間、自分の中でこらえていたものがぷつんと切れた。

それと同時に、目からはポロポロと涙がこぼれだす。

突然泣きだすとは思わなかったのだろう。森くんは少し驚き、戸惑うとハンカチを差し出す。

こちらの様子をうかがう店員の視線を感じながら、それを受け取り涙を拭った。

「ごめん、いきなり泣きだしたりして……」

「いいよ。なにかあったのか？」

優しくたずねる声に、これ以上気持ちを隠すことができなくて、私はこれまでのことを話した。

静に再会してから、心惹かれたこと。

幼なじみが現れて牽制されたこと。

その彼女が、高校時代に別れた理由だったこと。

そしてふたりが結婚を考えているシーンを見てしまったこと。

話すうちに涙がまた止まらなくなってしまう。

「伊勢崎の幼なじみ、か……そういえば、やたらくっついてたのがいたな」

森くんの記憶にも希美ちゃんの姿はあったらしく、話を聞き終えてから思い出したようにうなずいた。

「思えば私、静のこと少ししか知らないんだ。過ごした時間もあの子と比べると短くて、特別になんてなれそうにない」

「時間なんて関係ないと思うけど」

「……それでも怖いの。あの子のほうが特別で、私よりもずっと静の近くにいるって、現実を思い知るのが」

雨の中、彼を待ち続けた夏休み最後の日。期待に膨らんでいた気持ちは、不安に変わり、徐々に失望になりしぼんだ。

あの頃と同じ悲しみはもう味わいたくない。

「じゃあ、逃げちゃえば」

思うと、逃げてもいいと

「え……？」

ところが、そこで森くんが発した言葉は予想外のものだった。

「傷つきたくないって気持ち、人間なら誰でもあるだろ。そんな時は逃げてもいいと思う」

逃げたいなら、逃げてもいい？　でも、逃げ方すらもわからない。

そう弱音ばかりが出てくる私に、彼は胸のうちを見透かすように言う。

「逃げ方がわからないなら、俺を逃げ道にしろよ」

「逃げ道に……？」

その意味を問うように見つめると、彼は真剣な顔で言う。

「愚痴りたいなら聞くし、落ち込んでるなら笑わせてやる。寂しいなら胸貸すよ」

「なんで、そこまで……」

「そりゃあ、果穂のことが好きだから」

私の、ことが？

「えっ……えぇ!?」

「その反応ってことは、まったく気づいてなかったんだな」

思わぬ彼のひと言に驚き大きな声を出す私に、森くんはおかしそうに笑った。

も、森くんが私のことを……!?

なんで？　いつから？

戸惑いを隠せずにいると、その手はテーブルの上で私の手をそっと握る。

「高校の頃、好きだったけど言えないまま卒業して後悔した。だから今、再会してこうして話聞いて正直チャンスだと思ってる」

私の手を包む大きな手は、緊張で少し汗ばんでいる。いつもクールな彼にも、こんな一面があったのだと知る。

「俺なら、果穂にそんな思いさせないし悲しませない。だから、利用してもいいから俺にもチャンスが欲しい」

再会を運命だと思う、その気持ちは以前の自分にも重なる気がした。

その純粋な気持ちを逃げ道にするなんて、きっと間違ってる。逃げたところで限界はある。そうわかっていても、今の私には逃げずに向き合う勇気などない。

傷つくことも敵意を向けられることも嫌。

だから、この恋はもうおしまいにする。今だけ、彼の力を借りて。

心の中でつぶやいて、私は小さくうなずいた。

静への気持ちは、ひと夏の思い出。

胸にしまって、日常へ戻っていくんだ。

翌日から、私は普通を装いいつも通り仕事に励んだ。

静は外出や打ち合わせばかりでまともに顔を合わせることもなく、私も距離を取るようにして過ごした。合間に森くんと連絡を取り合い、一度ごはんに行ったりして。

そんな日々を十日ほど続け、迎えた八月終わりの金曜日。十八時が過ぎ、今日をもって私のここでのバイトが終了した。

今日までの仕事はすべて処理済み。掃除も普段やらないような細かいところまで済ませたし、やり残したことはないはずだ。

確認を終え荷物をまとめていると、仕事を終えた花村さんが寂しそうに笑う。

「果穂ちゃん、今日で仕事おしまいね」

「はい。お世話になりました」

「果穂！　まだいるー!?」

するとそこに、叫びながら駆け込んで来たのは今日も一日外出をしていた壇さんだ。

その手には大きな紙袋が持たれている。

「壇さん！　どうしたんですか？　今日直帰じゃ……」

「なに言ってるのよ。果穂、仕事最終日でしょ。ダッシュで仕事終わらせてきたわよ」

壇さんがそう言いながら、手にしていた紙袋から取り出したのは、大きな花束。

黄色いリボンがつけられたその花束は、オレンジ色をメインにした花々で彩られている。

「えっ……いいんですか？」

「もちろん。短い間だったけどお疲れさま」

戸惑いながら受け取ると、しっかりとした重みが伝わる。

私のために用意してくれて、間に合うように走ってきてくれたんだ。

うれしくて涙が出そうになるのをぐっとこらえる。

「またそのうち、今度は女同士でごはん行きましょうね。辞めたからって縁が切れちゃもったいないもの」

「はい……ありがとうございます」

花村さんの言葉に笑ってうなずくと、ふたりも笑う。

短い期間にもかかわらず、こうして仲間として受け入れてくれる。そんなふたりの優しさに、心が温かくなった。

すると、壇さんは思い出したように辺りを見回す。

「あれ、そういえば伊勢崎先生は戻ってないの？　忙しくても今日だけは十八時までに戻って果穂のこと見送るように言ったのに」

『伊勢崎先生』、その名前に彼の姿が浮かび、胸の奥がチクリと痛む。

けれどそれを隠すように笑った。

「いいですよ。忙しいでしょうし、またいつでも連絡も取れますし」

……嘘。

連絡先の交換もしていないし、連絡なんて取れない。取るつもりもない。だけど本音はのみ込んで、改めてふたりに頭を下げる。

「本当にお世話になりました。ありがとうございました」

そしてバッグと花束を手に事務所を出た。

ここを去ればもう、静との接点もなくなる。もう縁も切れて、完全な過去になる。

これで、いいんだ。

エレベーターで一階に下り、エントランスを足早に抜けようとした。

ところがそんな私の行く手を阻むように、目の前には静が立っていた。

「静……」

どうして……ここに。

まさかここで待っているとは思わず驚きを隠せずにいると、静は真剣な表情でこちらを見た。

「入江。これから時間ある？　……ゆっくり話がしたい」

話が、したい？

やだ、やっと覚悟を決めたところなのに。

「……話すことなんて、ない」

逃げるように、静の横を通り抜けようと早足で歩く。

そんな私の腕を、静はガシッと掴んだ。

「入江になくても俺にはある。俺の気持ちと……希美の、こと」

『希美』と彼が口にした名前に、胸がまた一気にざわつく。

彼女の言葉が、あざ笑う顔が、思い出されて苦しい。

もう、聞きたくない。

「果穂」

そこに、私の名前を呼ぶ声がした。振り向くと、ビルの入り口には森くんが立っており、いつも通りの無愛想な顔つきでこちらを見ていた。

「森くん？　どうして？」

「今日最終日って言ってただろ。予定とかなければ、お疲れさま会でもどうだ？」

森くんはそう言いながらこちらへ近づき、静から私を引き離す。

「おい、森、お前っ……」

強引なその腕に、珍しく静が声を荒らげた。けれど、それに森くんは動じる様子はない。

「なに？　果穂を泣かせるような男に、引き留める資格なんてないだろ」

逆に強い口調で言いきって、私の肩を抱いて歩きだした。

森くんに連れられるがまま、駅までの道を歩いていく。

今この肩に触れるのは森くんの手なのに。体に残るのは、腕を掴んだ静の手の力強さだけ。

だけど、彼はそれ以上引き留めてくれることはない。

……ほんの少しの期待すらも、もうない。

希美ちゃんが言っていた通り、しょせんその程度の存在だ。特別なんかじゃない。

あの熱は、過去を思い出した一過性のものにすぎない。

しばらく歩いてきたところで、森くんは口を開く。

「……もういいよ」

「泣いても、いいよ。よくがんばったな」

「え？」

それは、私の心を見透かすかのようなひと言だった。

森くんは、私の心をわかったうえで、あの時静から引き離したんだと思う。

どうしたって、この心は彼に惹かれてしまうから。

希美ちゃんの言葉が痛いのも、彼の特別になりたいのも、同じ苦しさを繰り返したくないのも。

すべては、静のことが好きだから。

あの頃と変わらない、ううん、あの頃以上の熱量で。彼を愛しく思うから。

心の中でその気持ちを認めると、涙がポロポロとこぼれた。

好き、だから。

特別になれないのなら、背中を向けて逃げてしまおう。

さよなら。

彼に恋した、二度目の夏。

初恋

残暑がようやく過ぎ去り、徐々に肌寒い日も増えてきた十月頭。今日も忙しなく人が行き交う西新宿のオフィス街。その中にあるオフィスビルに、私はいた。

「入江さん、商品データ送りました。確認お願いします」

「ありがとうございます」

白いブラウスにカーディガンを羽織り、髪はひとつに束ねて、バタバタとフロア内を歩く。

復職後、私が異動してきたのは【リトル・サマー】という社内で最も新しいブランドだ。ドラッグストアで手軽に買える低価格コスメという、これまで担当していたブランドとは真逆のこのブランドの商品部企画課で働いている。

チーフという立場ではなくなったけれど、これまでの経験を活かしながらここでのやり方も覚え、慌ただしくも充実した毎日を過ごしている。

パソコンに送られたデータを確認していると、通りかかった部長が感心したようにこちらに目を留めた。

「それにしても、異動して一ヶ月とは思えない働きぶりだなぁ。こりゃあここでもチーフになるのは時間の問題かな」

「とんでもないです。みなさんが親切に教えてくださるおかげです」

部長の言葉に、私はそう答えてふふと笑う。

復職直後は、社内中の人からいろいろなことも陰で言われたけれど、幸いここのブランドにはいい人がそろっており、みんななにも聞かず受け入れてくれた。

部屋も違うので上原さんと顔を合わせることもなく、仕事に夢中になるうちに気づけば陰口も引いていた。

こうして時間とともに、少しずつ日常に戻っていくのだろう。

そんなことを考えながら、私はトイレへ行こうと部屋を出る。

そしてドアを開けようとした、その時。中から女性社員の声が聞こえた。

「さっき見たけど、入江さんさっそく異動先でも上司に取り入ってたよ」

それは、聞き覚えのある声……以前までいたブランドで一緒に働いていた後輩社員たちの声だった。

「さんざん休んでいきなり異動希望出して、いいご身分だよねぇ」

「復職したのもあの子が産休入ったからだよね。上原さんもあれ以上噂立てられたくないから必死で入江さんの異動先探してさぁ」

あぁ、言われてるなぁ……。

当然私の行いを気に入らない人もいるだろう。事実も嘘も、噂として回っていく中でそんな言葉を聞くことも時折ある、けれど。

私は息をひとつ吸い込んで、ドアを開けた。

「ごめんね、長いこと休んでいきなり異動しちゃって」

「えっ！　あっ入江さん⁉」

突然姿を現した私に、彼女たちはぎょっと驚いてから、まずいといったように焦りだす。それに対しても私はにこりと笑って言う。

「ブランドは変わったけど、いつでもなんでも聞いてね。相談乗るから」

その言葉に彼女たちは、引きつった笑顔でうなずいた。

きっと、以前の自分ならつぶれてしまっていた。だけど今の私は、どんな噂も笑って流せるくらいには強くなった。

その日、仕事を終えた私は西新宿から移動して品川駅の改札を出た。秋物の薄手のコートをなびかせ歩く足を止めた先には、ひとりの姿が見える。

「果穂、お疲れ」

私を呼んで小さく手を振るのは、仕事終わりなのだろう白いシャツにジャケットを羽織った森くんだ。

「森くん。お待たせ」

「いや、俺もさっき来たところ」

森くんは、私が都内に戻ってからもたびたびこうして会いにきてくれる。

仕事の後に待ち合わせをして、ごはんに行く。それだけの仲。だけど関係の進展を急かすことなく、他愛もない話をしてくれる彼の存在に救われている。

「そうだ。今週末花火大会行かないか」

駅近くのお店に向かう途中、森くんからの誘いに私は首をかしげた。

「花火大会？　この時期に？」

「毎年藤沢《ふじさわ》のほうで秋の花火大会があるんだよ。俺、八月のときは出店してて忙しかったから見られなくてさ」

「あー、そうだよね……」

そういえば森くん、夏の花火大会の時に出店やってたっけ。

その光景を思い出すと自然と頭に浮かぶのは、静と花火の下で交わしたキス。

ほんの数秒、思い出すだけで胸がチクリと痛む。その痛みをこらえるように、ぎゅっと拳を握った。

すると森くんは、私の短い無言になにかを察したかのように続いてたずねる。

「あ、なにか用事あった？」

「えっ？　ううん、大丈夫。行こ行こ」

それに対して私は笑顔を作ってなんてことないように笑った。

忘れたいのに、彼の面影がふとした瞬間よみがえってこの胸を締めつける。


それから私と森くんは近くのレストランで食事を済ませ、再び品川駅で別れた。

「送っていかなくて大丈夫か？」

「大丈夫。森くんのほうが家遠いんだし、気にしないで」

私の家は新宿《しんじゅく》方面だけど、森くんの家は横浜方面だ。わざわざ送らせるわけにはいかない。そう思い軽く断ると、手を振り彼と別れた。

……森くん、いい人だな。

気持ちに答えも出せない。本当に逃げ道にしてしまっている最低な私にも、こうしてわざわざ会いにきて笑顔をくれる。

もう、いっそのこと彼の気持ちにうなずいてしまったほうがラクになれるのかもしれない。

花火大会の記憶も、キスも、手の感触も、すべて彼で上書きして、静の記憶を過去のものにしてしまえたら。きっともう、こんなに胸は痛まない。

「あら、果穂ちゃん?」

その時、不意に呼ばれた名前に振り向くと、そこには花村さんがいた。ベージュのトレンチコートを着た彼女は笑って手を振りこちらへ駆け寄った。

「花村さん! どうしたんですか?」

「今日はこっちで友達と会っててね。果穂ちゃんは……デートの帰りかしら」

先ほどの森くんとの姿を見ていたのだろう。ふふっと笑ってたずねた彼女に、私は苦笑いをこぼした。

「まだ、彼氏とかではないんですけど」

「そうなの。ということは、伊勢崎先生とはなにもなくなっちゃったみたいね」

「……そう、ですね。やっぱり一回終わった恋はその時点で終わってたんですよ」

沈みそうになる気持ちをこらえて、笑顔をつくる。

「週末、彼と花火大会行くんです」

「花火大会……って、藤沢の？」

この時期の花火大会ということからすぐ思いついたのだろう。花村さんにうなずいて私は言葉を続けた。

「逃げ道にしていいって、そう言ってくれて。だから、私も次の恋に踏み出そうかなって」

花村さんはなにかを思うように少し黙ってから、口を開いた。

「……伊勢崎先生が前に酔った勢いで話してくれたことがあるんだけどね。高校生の頃好きだった人がいたんだって」

「え？」

いきなり、なんの話？

あまりに唐突に感じられたその話題に意味がわからない。けれど花村さんは笑顔のまま話を続けた。

「その人はよく笑う人で、部活も全力で見ていて気持ちのいい人で、気づいたら好きになってたって。その人とは付き合えたけど、自分が中途半端にほかの人に優しくしたせいでフラれて。その時に引き留められなかったのを、今でも後悔してるって言ってたわ」

よく笑う人、部活も全力……その言葉に、彼が以前部活中の話を覚えていてくれたのを思い出した。

……待って。

それってつまり……私との、こと？

「『何年経っても誰と付き合っても、夏になると彼女を思い出す』『彼女以上の人はいないと気づいて結局別れちゃう』って、言ってた」

こうして花村さんから聞くことで、初めて知る彼の本当の気持ち。

彼は後悔を残して、夏になると私を思い出してくれていた。

『あの夏を忘れたことなんてなかった』

こうしてようやく、彼のあの言葉が本物だったんだと知る。

大きく揺れるこの胸の内を読むように、花村さんは優しい声で言う。

「……私は、伝えられなかった想いはいつまでも消化されることなく残るだけだと思うの。それって、美しいけどつらいわよね」

伝えられなかった『好き』の気持ちは、消えない。嫌いにもなれず、時間とともになんとなくあきらめるしかできない。

いつか誰かと結婚して、家庭を持っても、きっと思い出しては後悔して終わることのない恋を続けるのだろう。

「……花火、楽しんできてね。また今度ゆっくりごはんでも行きましょ」

そして、細い指で私の肩を軽く叩いて、花村さんは先ほど森くんが歩いていった方向へ歩いていった。

……知らなかった。

今でも静は、そんなふうに思ってくれていた。なのに私は彼の言葉を信じられず、他人の言葉ですぐに揺れて、ぶれて。そんな自分が情けなく恥ずかしい。

勇気を出して向き合えたら。強い気持ちで、彼のことを信じられたら。

あの頃も今も、変わっていたのに。

自分への悔しさに、涙があふれて視界をゆがめた。

……このままじゃ、ダメだ。

逃げ道なんてつくっちゃいけない。甘えることも、誰にとっても正しくない。優しさや温かさをくれた彼のことを、信じて向き合おう。

そのためにはまず、森くんの気持ちに答えなくちゃ。

中途半端なままじゃいけない。きちんと、伝えよう。

それから二日後の土曜日の夜。

花火大会当日、駅前で待ち合わせた私と森くんは出店を見るのもそこそこに、花火がよく見える湘南海岸沿いへと向かい歩いていた。

花火大会の始まりを待つ人でごったがえした道を私たちは並んで歩く。

「どこ見てもすごい人だね」

「あぁ。全国で三位以内に入るくらい人気らしいからな」

「そうなの？　来たことなかったなぁ」

答える森くんの横顔を見上げて、視線を前へと移した。

……本当は、今日来るのも迷った。

変に期待させたりせず、すぐ断るべきなんじゃないか。そうも思ったけれど、やっぱり気持ちは直接伝えるべきだと思ったから。

少し黙った私に、森くんは自然に私の手を取る。その骨ばった手は冷たく、静と違うものだと感じた。

こうしてつなぐ手ひとつにも、思い出すのは静のこと。

しばらく歩いて、海沿いの石段に腰掛けることにした。そしてふたり花火が打ち上がる時刻を待つ。

私の緊張感が彼にも伝わってしまっているのか、いつもほど会話は弾まず、空気はぎこちない。

……ちゃんと、言わなくちゃ。森くんに対して、自分の気持ちを。

「……あのさ――」

「高校の頃の話なんだけど」

意をけっして切り出した話題は、森くんの言葉によって遮られた。

高校の頃の話って……いきなりなにを？

その言葉の続きを待つと、森くんは海辺を見たまま話を続けた。

「あの頃俺、一部の女子に悪口言われててさ。ある女子からの告白断ったら、偉そうとか遊びまくってるとかあることないこと言いふらされてたんだよな」

「あー……そんなこともあったね」

森くんの話から思い出すのは、高校二年の時、女子の間で彼の悪い噂が回っていたこと。森くんに告白して断られた女子が泣いて、それをかわいそうに思った周りの子たちがあることないことを吹聴していたのだ。

それを知っていた私や映美たちは信じなかったけれど、知らない人たちはそれを信じてしまい、あっという間に彼の悪い評判は回ってしまった。

「けど一回、果穂がそれをかばってくれたのをたまたま聞いてさ。かっこよかったな、あの時の果穂」

……そうだ。

一度だけ、その噂をはっきりと否定したことがある。

『森うざいよねー。ちょっとモテるからって調子に乗ってるよ。女遊びもひどいっていうし』

『果穂も仲よくするのやめときなよ』

『……そうかな。森くんいい人だし、私は森くんと話してると楽しいよ』

同調する女子の中でひとり、それを否定するのは、少し勇気がいった。

けれど、いつも話を聞いてくれて、いい人だった森くんがそんな人だと思われてしまうのは我慢の限界で。勇気を出して言った私に映美たちも賛同してくれて、気づけば彼の悪い噂は消えていたのだった。

そんなあの頃のことを思い出しながら、私はふふと笑う。

「恥ずかしいな。よく覚えてるね」

「覚えてるよ。俺にも味方がいてくれるんだってうれしかったし、それが果穂のこと好きになったきっかけ」

そう言って、握る手に力がこめられた。

「なにも言えないまま卒業して後悔して、それなりに恋愛もしたけど……果穂と再会して、やっぱり果穂の笑顔が好きだなって思った」

勇気を絞り出すように手にこめられる力を感じながら彼を見ると、その目はまっすぐこちらに向けられる。

「好きだ、果穂。だから、果穂のこと泣かせる奴にはやれない」

『好きだ』、そう言ってくれる彼の眼差しはまっすぐで、私だけを見てくれている。

きっと彼となら、幼なじみに不安になったり劣等感を覚えることもないだろう。

泣くことも、ないのかもしれない。

……だけど、そうだとしても。

「……ごめん、なさい」

ざわめく人混みの中、ぽつりとつぶやいた言葉だけが、静かに響く。

「私、本当に最低で……好きな人の言葉も信じられないで、森くんの気持ちも利用して、逃げてばかりで」

そんなに一心に気持ちを向けてくれていた彼を逃げ道にするなんて、私は最低だ。

誰の気持ちにも向き合わず、逃げて、甘えて、そんな自分が嫌になる。

だからこそ、今、ここではっきりと伝えるんだ。

「だけど、やっぱり私……」

言葉がうまく出てこない。代わりにこみ上げた涙が、視界をにじませゆがめた。

けれどそんな私に、森くんはポンッと軽く頭をなでた。

「……わかってた」

「え……？」

「泣かないでほしいとか、逃げてもいいとか、それは俺の気持ち。だけど果穂はあいつがよくて、逃げたくないんだろ」

彼の優しい声が、この胸の本音を突く。

静を想うと切なくて、苦しさから逃れようとすればするほど、いっそう愛しさが絡みついてくる。

一度は終わらせた恋。だけど再び会って、彼のぬくもりに触れて、あの恋が終わってなどいなかったと気づいた。

優しくされたからとか、初恋に浸ってるだけじゃない。

今この心の中に彼がいる。

好きなんだ。

静のことが、好き。

「入江‼」

その瞬間、突然うしろから肩をぐいっと引っ張られた。

目もとを涙で濡らしたまま驚き見ると、そこには静がいた。

え……静……？

「し、ずか……？　なんで……」

「昨日花村さんと事務所で話していて、入江が男と花火大会行くって知って。それで今日……探し回って、やっと見つけた」

そう言いながら肩で息をする彼は、ネクタイのよれたスーツ姿で、髪も乱れ顔も汗だくだ。

そんな、汗だくになって探し回ってくれたの？　私のために、この混雑の中を。

肩を掴む手から彼の熱を感じると、涙がいっそうあふれ出す。

静は息を整えながら、視線を森くんへと向ける。

「森。悪いけど、入江は渡せない」

落ち着いた声で言った静に、森くんも冷静に返す。

「よその女との決着はついたのか？」

「……ついたよ。何年も甘やかしてきたけど、ちゃんと言った。俺は、入江のことしか見えないって」

私の、ことしか……？

静がはっきりと言いきった言葉に、森くんは「そうか」と笑う。

「じゃあ、もう大丈夫だな」

そして私の背中をトンッと押してくれた。

向き合えよ、そう言うかのような優しいひと押し。すると静は私の手を取りぐっと引き寄せると、海岸のほうに歩きだす。それに連れられるがまま、私もその場を歩きだした。

来て、くれた。

走り回って、見つけてくれた。その想いがうれしい。

静に腕を引かれたまま、海岸沿いを歩いていく。そして人混みを抜け、端のほうまでくると静は足を止める。

「……悔しかった」

「え……？」

遠くに人々のにぎわいを感じながら、彼の声がぽつりと響く。

「希美の言葉を上回れないこと、引き留められなかったこと、森から奪えなかったこと。全部悔しくて、いっそなくせたらって思って……だけど花村さんから入江が今日花火大会に行くって聞いて、いてもたってもいられなかった」

背中を向けたまま言うと、静はこちらを向いて勢いよく頭を下げた。

「希美とのこと、誤解させてごめん。何年も前から希美の気持ちは知ってたけど、妹みたいな存在で、恋愛対象には見られないって断ってて」

顔を上げた彼の表情は真剣そのもの。そして切なげに目を細め、言葉を続ける。

「だけどあきらめない希美に、半ばあきらめてなあなあに甘やかしてたところもあったのも、事実」

「……うん」

「けど、誓ってなにもしてないから！　どんなに言い寄られても抱きしめたりすらもしてないから！　手出ししてなければいいって思ってるわけじゃないけど、でも入江には誤解されたくない」

そう慌てて首を横に振るところが、なんだか彼らしくて、私はまた「うん」と小さくうなずいた。

「でも……ふたりは結婚の話を進めてたんじゃないの？」

「え？　ふたりって、俺と希美が？」

私の言葉に、静はキョトンとした顔で首を傾げる。

「だって、私見たから。お盆休みのとき、静と希美ちゃんがホテルでブライダル関係の人にチャペルの案内されてるの」

あの日のことを思いきってたずねると、静は少し考えてから思い出したように納得した。

「あぁ、お盆休みのあの時ね。あの日は俺と希美の共通の友達があそこで結婚式を挙げててさ。少し遅刻しちゃって、係の人に案内してもらってたんだ」

「へ……？」

共通の友達の、結婚式？

だから希美ちゃんとふたりでいて、係員と話をして……。つまり、私の勘違い？

まさかのその事実に、すっかり誤解していた自分が恥ずかしいような、誤解でよかったような、なんともいえない気持ちだ。

「希美に対して複雑な気持ちもあったけど、友達の式くらいはいつも通りの顔で出るべきだと思ったからさ。でもまさか、それを入江が見てたとは」

静は苦笑いをしてから、再び真剣な顔つきで私を見た。

「希美にはあれから、ちゃんと話して納得してもらったから」

「……本当に？」

「本当。まだ納得してもらえないなら何度でも伝える。入江にも信じてもらえないなら、信じてもらえるまでなんでもする。それくらいしないと、俺はあの夏のまま動けない」

『何度でも』、『なんでも』、そう言葉にする彼の目はまっすぐだ。

「高校の頃、告白する一年近く前からずっと好きだった。入江の笑顔も、バスケしてる姿もまぶしかった」

「そんなに、前から？」

「うん。なのに、いざ付き合ったら緊張してうまく話せないし、キスだっていっぱいいっぱいで情けなかった」

付き合ってからのぎこちなさ、無言の時間。それらは彼の精いっぱいなのだと、十二年後の今ようやく知る。

「でもあの頃、私になにか隠し事してなかった？」

「あれは、その……前々から考えてた進路をようやく決めた時期だったから。弁護士になりたいって、志望校のランクも高くして、勉強にも追われてたんだけど、それを悟られたくなくて」

　進路を決めた時期……。もともと頭はよかったのだろうけれど、弁護士を目指すとなると、よりいっそうの勉強が必要だったのだと思う。だから連絡がおろそかだったり、会ってもぼーっとしていたんだ。

　なのに私は、ひとりで悪い方向に考えて不安になったりして。恥ずかしい。

「それくらい言ってくれたらよかったのに」

「目標を達成できるかどうかなんてわからないのに、言えないでしょ。入江の前では、かっこつけていたかったんだよ」

　いつも余裕に見えていた静にも、不安や、こう見られたいという気持ちがあったんだ。初めて知るその姿にまた一歩彼を近く感じた。

「入江と過ごす時間が取れてないことも感じてたから、夏休み最後のあの日、遊園地は絶対に楽しんでもらおうって思ってたんだけど。希美に『熱がある』『体調悪い、心細い』って泣かれて……そんな時に限って携帯の調子も悪くなって電源入らなくなるし」

　泣きだす彼女を放っておけないところが、静らしいとも思う。今ではそう納得できる反面、やっぱりあの頃しっかりと話ができていればすれ違うこともなかったのかもしれないと後悔がこみ上げた。

静は悔しそうに顔をゆがませて、こちらへ右手を伸ばすと、私の頬をそっとなでる。

「けどなにを言っても言い訳にしかならないこともわかってたから。入江に振られた時も、こんな自分なら当然かってあきらめもあった」

「そんな……」

「けど、それでも忘れられなかったんだ。何年経っても夏になると入江を思い出す。それは誰かと付き合っても同じで、そのたび自然と心が離れていった」

そして静は、そのまま右手で私の体を抱き寄せる。熱く力強い腕には、痛いくらいの力がこめられた。

「好きだよ、入江。あの頃も今も、ずっと入江のことだけを見てる」

制服を着ていたあの頃から、今この瞬間まで。ずっと変わらない想いが、その胸にあった。

それがうれしくて、一度止まった涙が再びこみ上げ彼の胸もとを濡らす。

うれしい。だから、もう揺らがないと誓うように。私も今、この胸にある想いを伝えよう。

「私も、ずっと後悔してた。あの時、希美ちゃんの言葉ひとつに不安になって、静と向き合えずに逃げたこと」

本当に信じるべきなのは、好きな人の言葉だったのに。

静の胸にすがりつくように、その背中に腕を回す。

「でも、夏がくるたび静のことを思い出してた。だからもう、逃げたくない。静を信じてそばにいたい」

逃げて、目を背けて、忘れようとしても忘れられなかった。

だって、花村さんが言っていた通り。私はこの想いをきちんと伝えきれていなかったから。

だから、伝えよう。今の私の胸にある気持ち。

「それくらい、静のことが好き」

胸から顔を上げて、彼を見上げる。

きっと私の顔は涙でメイクもはげて、ひどいことになっていると思う。けれどこちらを見た静は、泣きそうな顔で笑って、愛おしむように私の涙を拭った。

そして、そっと唇を重ねた瞬間。ふたりを照らすように、ドン！と花火が上がった。

体の奥に響くような低い音と、少し遠く聞こえる、人々の盛り上がる声。それらを聞きながら、私たちは強く抱きしめ合う。

あの頃、私が彼を信じられていたらなにか変わっていたのかな。

そう思う気持ちもある、けれど。

十二年間、遠回りもしたその時間があったからこそ、今のふたりがあるのかもしれない。そう思うと、きっと無駄なことなんてなかった。

空に輝く打ち上げ花火の下、抱きしめる彼の体温を私はきっとずっと忘れない。

あの夏の思い出とともに、この胸に刻んだ。

未来

今年は比較的暖かかった秋を越え、季節は冬を迎えた。

街を行く人々はコートやブーツに身を包み、寒さに身をすくめながら足早に歩いている。

「入江さーん！」

十二月後半、クリスマスまであと六日に迫った金曜日。オフィスで資料をまとめている私のもとへ、同じブランドで働く後輩社員が大きな声とともに駆け寄った。

「この前入江さんが企画した商品、売上出ましたよ！　もう絶好調！　追加発注もどんどんきてます！」

「本当!?　よかったー！」

彼女が見せた手もとの書類には、先日発売した新作……私がこのブランドに来て初めて企画したコーナーの売上結果が載っていた。

その数字は、予想を上回るものだ。

このブランドに異動して三ヶ月半。ようやくここにも慣れてきて、成果も出てくるようになった。

　最初は学ぶことが多くていっぱいいっぱいにもなったけれど、こうして成果が出ると、やっぱりこの仕事が好きだと思う。復職を選んでよかった。

　たまたま近くを通りかかり話を聞いていた部長も、売上を見て感心した様子でうなずく。

「さすが入江さん……だが仕事に熱心なのはいいが、それぱっかりでもなぁ。そろそろ結婚相手も見つけておかないと行き遅れるぞー？」

　ところが、感心に続いて発せられたのは結婚を心配するひと言。

　今時セクハラにもなりかねない発言だけれど、嫌みのないその言い方から悪意はないのだろうと察して私は笑って流そうとした。

　けれど後輩社員は、すかさず答える。

「あれ、部長知らないんですか？　入江さん、彼氏いますよ。しかも弁護士の」

　弁護士、を強調して言う彼女に、部長は「えぇ⁉」と驚きの声をあげた。

　静とのことは自分から周りには言っていない。けれど、上原さんが自分との噂の火消しに『入江には弁護士の彼氏がいる』と言いふらしたらしく、一部の社員にはすっかり話が回ってしまっているのだった。

べつに間違いでもないしいいんだけどさ……。

苦笑いをする私に、部長は驚きながらも少し安堵した様子を見せる。

「それなら安心だなぁ。結婚式に参列できるのを楽しみにしているよ」

「あ、あはは……そうですね」

私はぎこちない笑顔のまま、そこから逃げるように廊下へと出た。

『結婚』、か……。

そりゃあ、年齢的に意識もする。けれど付き合ってまだ二ヶ月だ。その話をするのは早い気がして、お互いいっさい話題には出さない。

高校時代に付き合っていたとはいえ、十二年間離れていたこともあるし。

焦らせてプレッシャーをかけてしまうのも嫌だし、さらに言うと上原さんの件が少しトラウマで、結婚なんて期待を抱くのがちょっと怖い。

そう考えながら廊下を歩いていると、ポケットの中のスマートフォンが震えた。

見ると、そこには静からのメッセージが一件表示されている。

『今日俺都内にいるから、仕事が終わる頃迎えにいくね』

それは、金曜の夜は決まって一緒に過ごしている静からの連絡だ。

わざわざ迎えに、なんて……会社の人に見られたらまた冷やかされてしまいそう。

だけど、そういう静の優しさはやっぱりうれしい。

幸せな気持ちから仕事を再開させると、あれこれと業務をこなし、今日は定時で上がった。

会社のあるビルを出ると、すぐ近くの通り沿いに黒い車が止められているのが目に入る。その車の中を覗くと、運転席には予想通り静の姿があった。

こちらを見た静と目が合うと、その目はそっと微笑む。

「お待たせ」

「果穂、お疲れさま」

『入江』から『果穂』に変わった呼び名が、最近ようやくしっくりくるようになってきた。

助手席のドアを開けシートに座ると、シートベルトをつける。静はそれを確認すると、ゆっくりとアクセルを踏んだ。

「今日は残業なかったの？」

視線を前に向けたままたずねる静に、私はうなずく。

「うん。もうすぐ年末だし、仕事もようやく一段落ってところ」

「そっか。ならよかった」

横浜と新宿。そんなに遠く離れた距離ではないけれど、お互い仕事が忙しく平日は会えない。だから金曜の夜や土日は、できるだけ一緒に過ごす時間をつくろうと私たちは約束している。

「ごはんどうする？　今日はとくに予約もしてないけど、なにか食べたいものある？」

「うーん、じゃあ途中で食材買って静の家で作って食べよ。そのほうがお互いゆっくりできるし」

「やった。果穂の手料理だ」

些細なことにもうれしそうに笑う静に、つられてこちらも笑顔になる。

早速、私たちは食材を買って静のマンションに向かった。

私が料理をする間、静は食事の準備をしたり日課である浴室掃除をしたり、合間にメールのチェックをしたり……。

そして、今週あった出来事をお互いに報告し合って、楽しい食事の時間を過ごした。

静は終始うれしそうで、もともと笑顔の多い彼ではあったけど、付き合い始めてから笑顔を見ることがますます増えた気がする。

それくらい、この時間を楽しんでくれてるってことかな。

そう思うと口もとがにやけそうになるのをこらえて、私は夕食後にキッチンで食器洗いをしていた。

そこへ、お風呂から出た静が姿を現した。

「果穂ー、お風呂空いたよ」

「うん。これ片づけたら入るね」

シンクの中の食器はあと少し。これだけ片づけてしまおうと泡を流していると、近づいてきた静はうしろからぎゅっと抱きしめる。

「まだ洗い物中なんですけど」

「ちょっとだけ」

耳もとでささやく、甘えるような声がちょっとかわいい。

思わずキュンとしていると、静は顔を近づけて、私の頬や額にちゅっとキスをする。

「果穂明日休みって言ってたし、今日泊まっていくでしょ？」

「そのつもりだけど……あ、でも静は明日仕事って言ってなかった？」

「うん、仕事。でも大丈夫」

言いながら唇にキスをして、静はそっと額を合わせた。

「明日、俺が仕事終わったらデートしよっか」

「デート?」

「俺、日曜からクリスマスもずっと仕事入っちゃってて、一緒に過ごせないからさ」

そっか、年末までスケジュールびっしりで忙しいって言ってたもんね。

でも、その忙しさの中でもこうして過ごす時間をつくってくれるんだもんね。本当はゆっくり休みたいかもしれないのに。私を寂しくさせまいと気遣ってくれるのが見て取れる。

小さくうなずいた私に、静は再びキスをする。体中を熱くするような、深いキスに、何度も溺れそうになる。

『結婚』なんてまだ話題に出なくとも、今、こうしてふたりでいられる幸せがあればそれでいい。

それだけで、いい。


翌朝。目を覚ますと、部屋に静の姿はなかった。私が寝ている間に静は仕事へ行ったのだろう。起こさぬようにと出ていく静の姿が想像ついた。

……昨日も夜中までしてたのに、朝早くから仕事に行けるなんてタフだなぁ。

感心しながらも、昨夜のベッドでのことを思い出し少し照れる。

さて……今日は静は夕方には仕事が終わるそうだから、それまでに私も一度帰って着替えてこようかな。

静は服とか化粧品とか置いておいていいって言うけど、なし崩しに同棲することになってしまいそうで、それはどうかと思う。

前までだったら、付き合って同棲して結婚、なんて素直に期待もできただろう。

けれど、万が一静から『付き合ってみたけどイメージと違う』とか言われたら……立ち直れない気がする。

そんなことを考えながら、とりあえず身支度をして、静のマンションをあとにした。

そこから歩いて数分、最寄りの駅で改札を通ろうとバッグからICカードを取り出した、その時。

目の前の改札口から出てきた希美ちゃんと目が合った。

「あれ」

「……げ」

希美ちゃんは私の顔を見た途端、露骨に嫌そうに顔をゆがめる。

どうしてここに希美ちゃんが？

「……べつに、しーちゃんのストーカーとかじゃないですから。ただ職場がこの駅の近くってだけです」

「べ、べつになにも言ってないけど……」

「目が言ってたもん！　『なんでここに希美がいるの』って目してた！」

会って早々言いがかりをつけられる。けれど、これまでのような痛いほどの敵意は感じ取れなかった。

するると希美ちゃんは、シワのついた私のシャツを見てなにかを察したように言う。

「あなたがここにいるってことは、しーちゃんの家から朝帰りってところですか。よかったですね、十二年越しに恋が実って」

嫌みのように刺々《とげとげ》しく言う彼女に、なんて答えていいかわからず笑顔が引きつる。

けれど彼女はさらにツンツンと刺すように言葉を続けた。

「まぁもともと、希美がいなければうまくいってたんですもんね。すみませんねー、さんざん邪魔して。嫌な女で」

「そんな。嫌な女とか、思ってないよ」

「嘘つかないでくださいよ。希美だったらそう思うもん」

たしかに、敵意を向けられるのは嫌だし、あんなことを言われていい気分ではない。

……けど、静との関係がこじれたのが希美ちゃんひとりのせいだとも思わない。

「あの頃もこの前も、希美ちゃんの言葉に揺れたのはたしかだけど、そもそもは静を信じられなかった自分が悪いから。それは、希美ちゃんのせいじゃない」

あの時私が静とちゃんと向き合えていたら、話に耳を傾けていたら。

それは、自分の気持ちひとつで変わっていたはずだから。

「でも、もうなにを言われても揺らがないから。あなたと静がどれほど長い時間を重ねてきたとしても、私はそれを上回ってみせるから」

まっすぐに希美ちゃんを見つめて言いきった私に、彼女は少し驚く。けれどすぐに、ふっと鼻で笑ってみせた。

「あなたにそんなふうに言われなくても、こっちはとっくにあきらめてますけど」

「えっ」

「そりゃあそうでしょ。しーちゃんが、わざわざうちにたずねてきて頭まで下げるんだもん」

静が、頭を下げて……?

希美ちゃんには話をしたとは聞いていたけれど、どんなふうになど細かいことは聞いていなかったから驚いてしまう。

「『これまで甘やかしてごめん。期待させたならちゃんと謝る』、『希美のことは幼なじみとしてしか見てない。好きなのは果穂だけなんだ』って」

私だけ、そう言ってくれたことをうれしく思うと同時に、彼女に対してただ突き放すのではなく謝るところが静らしいと思った。

そんな彼の姿を思い出しているのか、希美ちゃんはそれまで強気だった目を悲しげに細めて笑う。

「……本当は、ずっとわかってたよ。希美がそばにいても、しーちゃんはずっと遠いところを見てた」

それは、幼い頃からあの頃も、そしてこの年になっても。隣にいた彼女だからこそ見えた表情。

「入江さんと別れてから、それまで以上に距離が開いた。手もつないでくれないし、自転車のうしろには乗せてくれない。毎年どんなに誘っても一緒に花火大会にも行ってくれない」

人がまばらに行き交う駅の入り口で、言いながら彼女はうつむく。その声は震えていて、涙を必死でこらえているのだろうことが伝わってきた。

「どんなに長い時間そばにいたって、どれほど希美が想ったって、しーちゃんが見てくれなきゃ意味なんてないこと、わかってた。だけどいつかもしかしたらって、期待れた。


を捨てられなかった」

悔しさをにじませる声と、こらえきれず床に落ちる涙に、胸がきゅっと締めつけられた。

……希美ちゃんも、長い長い片想いをしていたんだよね。

もしかしたらと期待しては沈んでを、繰り返してきたのだろう。その胸のうちを思うと、この胸も切なく苦しい。

なんて言葉をかけてあげるべきなんだろう。

言葉が見つからず、拳をぎゅっと強く握った。

けれど、希美ちゃんは少し黙ってから服の袖で涙を拭いて、深呼吸をしたかと思えば顔を上げた。

「悔しいけど、もう無理なんだってやっと気づいた。だから、希美もそろそろ結婚相手探さなくちゃ」

それは吹っきろうと前を向く、まっすぐな眼差し。

「けど、ちょっとでも隙見せたら希美が奪っちゃうんだから」

そう、目と鼻を赤くさせた彼女はいたずらっぽく言って笑う。

「……うん、気をつける」

そんな彼女に応えるように小さく笑うと、希美ちゃんは「ならよし」と納得した様子で歩きだす。

駅を出て、冬の日差しの下を歩いていく。茶色いコートを着てもなお華奢なうしろ姿は、綺麗に伸びて美しかった。

かわいらしくまっすぐな彼女を、静が幼なじみとして大切にしていた気持ちが少しわかった気がした。

あんなふうに笑えるなんて、強いなぁ。……ううん、強くあろうとしているだけかもしれない。

恋敵への言葉はきつかったけれど、健気にずっと静を想っていたのだから。簡単にふっきれないだろうこともわかる。

その心を思うと、またこの胸が痛む。けれど、譲れない。譲っちゃいけない。

希美ちゃんと改めて話せたことで、背中を押された気がしてる。

幸せだからこそ、過去の出来事がチラついて、不安になったり期待が持てなかったりと心に影を落としてしまう。

だけど、信じよう。

永い間、私との思い出を大切にしていてくれた。そんな静なら、きっと大丈夫だと。

その日の夕方。横浜駅で合流した私と静は、近くのレストランで食事を済ませた。今日は静は事務所に車を置いてきたそうで、たまにはとふたりで手をつないでクリスマスのイルミネーションが輝く街を歩いた。

「ねぇ、果穂。行きたいところあるんだけど、いい？」

「べつにいいけど……行きたいところってどこ？」

たずねるけれど、静は笑ってなにも答えず手を引く。

そして景色を見ながらふたりで歩いてきた先にあったのは、みなとみらいにある遊園地だった。

「これ乗りたいなって思って」

静が笑って指差すのは、この遊園地のシンボルともいえる巨大観覧車。

虹色にライトアップされた観覧車を見上げて、うなずくと私たちはすぐにチケットを購入し、順番にゴンドラに乗った。

冷え込んだ外から乗り込んだこともあって、ゴンドラ内は暖かくてホッとした。

「観覧車なんて久しぶりに乗るかも。でもどうしていきなり？」

「十二年前の約束、果たせてなかったなってずっと思ってたから」

静の言葉に一瞬考えてしまいながらすぐ思い出す。

そういえば、あの遊園地デートの約束をしたとき『観覧車に乗ろう』って話をしていたっけ。

果たされないままだったその約束を、彼は今もまだ覚えてくれていた。その思いに、またいっそう彼が愛しく思えた。

窓から下を見ると、一面にキラキラと輝く街の明かりがゆっくりと遠くなっていく。

「わぁ、綺麗。見て、向こうのほうまで見える」

ふたりきりの小さなゴンドラの中、窓の外から目の前の静へ視線を向けると、静は見守るように優しく私を見ていた。

「なに？　こっち見て笑って」

「いや。かわいいなぁって思って」

またそういうことを、サラッと言ってみせるんだから。

『かわいい』のひと言に少し照れていると、静はそれを見てまた笑う。

「隣、いってもいい？」

「うん。あ、でも重心偏っちゃうかも――」

答えきらないうちに静はこちらへ一歩踏み出し、私の隣に腰を下ろす。ゴンドラがギイと音を立て、ほんの少しこちらに傾いた気がした。

並んで座ると、静はそっと私の手を取る。いつもは温かいその手も、この寒さの中ではすっかり冷えてしまっていた。

この手を温めようとぎゅっと包んでくれる大きな手のひらから、彼の深い愛情が伝わってくる。

今朝のこと、静にも伝えておくべきだよね。

希美ちゃんと会ったこと。私の気持ちも含めて、伝えよう。

「……今日さ、希美ちゃんと会ったんだ」

私が唐突に切り出した話題に、静は目を丸くして驚いた。

「え？　どこで？」

「駅で。たまたま向こうも仕事行く前だったみたい」

「あー、希美あの近くの病院で看護師やってるんだよね」

看護師……そうだったんだ。

たしかに駅近くに病院があったっけ。そう駅前の景色を思い出していると、静はハッとしたように心配そうな顔をした。

「もしかして、またなにか言われた？」

「えっ、ううん。ないない。むしろ、少し話して希美ちゃんへの印象が変わったかも」

慌ててそれを否定した。

「長い年月、本当に静のことが好きだったんだなって、伝わってきた」

思い出すのは、希美ちゃんの涙。

それと同時にこの胸にこみ上げた、静への想いを勇気を出して口にする。

「でも、私も譲りたくない。過去のことは私にはわからないけど、未来のことは一緒に体験していきたい。静とのこれからを大切にしたいって、思った」

『これから』を期待するのは怖い。もしかしたら、いつかと不意に不安が押し寄せる。だけど、その弱さに負けたくない。この先も、静と一緒にいたいから。

その想いを笑顔で伝えると、静はつないでいた手を持ち上げて、私の手の甲に小さくキスをした。

「……正直、果穂と会えなかった十二年の間に、希美に逃げてしまおうかと思ったこともある」

「そうなの？」

「いつまでも果穂を引きずっていても仕方がないし、自分を好いてくれてる人に逃げればラクになるんじゃないかなって」

それは、以前私が抱いた『逃げ道』の選択肢と同じもの。

恋がかなわないなら、違う道を選んでラクになりたい。そんなふうに思うことが、彼にもあったんだ。

「でも、そう思うたびに果穂の顔が浮かぶんだ。夏の暑さを感じるたび、打ち上げ花火の音を聞くたび、果穂の姿が浮かんで心を占めた」

逃げようとするほど、その存在が大きくなって胸の中を占めてしまう。

自分と似た気持ちを静も似た形で抱いていてくれた。それが、私たちをいっそうひとつにしてくれる気がした。

「だから、今こうして果穂といられる日々が夢みたいで、幸せでどうしようもなくて、それなのにもっと欲張りになる自分がいる」

「欲張り？」

「うん。もっと一緒にいたいとか、毎日会いたいとか、離れたくないとか」

静はそう言って、小さく笑って私の目を見た。

「だから、一緒に住まない？」

まっすぐ見つめた彼から発せられたのは、思いもよらぬひと言だった。

一緒にって、それってつまり……。

「それって……同棲って、こと？」

「そう。もちろん都内寄りで、果穂の通勤しやすさ最優先で部屋探してさ」

すんなりと肯定してくれる彼に、驚きやうれしさ、戸惑いが一気にあふれてうまく感情がまとまらない。

一緒に住まない、なんてうれしすぎる。……けれど。

続いて浮かんだ気持ちをこの際だからと素直にこぼした。

「……さすがに、私ももう三十だし、同棲ってなると結婚とか意識しちゃうんだけど」

「いいよ、意識してよ」

それに対しても静はあっさりうなずく。

「俺はもう、果穂のこと離すつもりなんてないから」

そして、一度手を離すとコートのポケットから手のひらほどのサイズの赤いケースを取り出した。

彼がそれをそっと開くと、中にはプラチナの指輪がひとつ輝いている。

「え……これ」

もしかしてと驚きを隠せずにいると、静はそれを手にとり私の左手薬指にそっとはめた。

ダイヤモンドが真ん中に大きめのものがひとつ、そしてそれを挟むようにサイドにも細かく並び、キラキラと光に反射する。
指輪から彼へと視線を戻すと、静は真剣な顔つきで私の目を見る。
「俺も、果穂とのこれからを大切にしたいって思ってる。だから俺と結婚してほしい」
その言葉を口にする彼の、微かに触れる指先が緊張で少し震えているのを感じた。
これほどまでに深い愛情で包んでくれる彼がいっそう愛おしい。
こみ上げる涙をこらえて、私は笑顔でうなずいた。
「……うん。喜んで」
花が咲くような笑顔を見せて、静は思いきり私の体を抱きしめた。
互いの知らない十二年間を、これから少しずつ知っていこう。
そしてそれ以上に永い時間をともに過ごして、思い出で彩っていくんだ。
うまくいかないときもあるかもしれない。
だけど大丈夫。
夜空を華やかに彩る打ち上げ花火を見るたび、胸にはあの夏のふたりがいる。

End

あとがき

初めまして、夏雪なつめと申します。

この度は本作をお手に取っていただき、ありがとうございます。

初恋をテーマにした今作を書くにあたって、私はひとりの人物を思い出しました。

その人は私の中学生時代の同級生で、当時私がひそかに好きだった人でした。

それなりに仲もよく、軽口を叩くような間柄でしたが、当時の私に告白するほどの勇気はなく……。そのままなにも言えずに卒業して疎遠に、といった感じでその恋は終わってしまったのでした。

不思議なもので、あれから十何年経った今も、ときどき彼が夢に出てくるんです。夢の中では私も彼も中学生のままで、もどかしい気持ちになって目が覚めます。

そのたび、恋愛感情とかとは別に、今も彼は自分にとって特別な存在なんだろうなと感じます。作中で花村が果穂に言った『伝えられなかった想いはいつまでも消化されることなく残るだけ』というセリフは、そんな思いから出た言葉でした。

さすがに今はもう私も結婚していますし、恋愛感情はありませんので、再会しても果穂と静のような素敵な展開にはなりませんが（笑）。いろんな気持ちを教えてくれた彼が、今幸せでいてくれたらいいなと。それだけを切に思います。

……珍しく語ってしまい恥ずかしいです！

最後になりましたが、今作もお力添えくださった担当の鶴嶋様。編集協力の佐々木様。いつもお世話になっております編集部の皆様。表紙に素敵なふたりを描いてくださったさばるどろ様。そして、いつも応援してくださる読者の皆様。

たくさんの方のおかげで、こうしてまた大切な一冊を生み出すことができました。本当にありがとうございます。

またいつか、お会いできることを祈って。

夏雪《なつゆき》なつめ

夏雪なつめ先生への
ファンレターのあて先

〒104-0031
東京都中央区京橋1-3-1
八重洲口大栄ビル7F
スターツ出版株式会社　書籍編集部　気付

夏雪なつめ先生

本書へのご意見をお聞かせください

お買い上げいただき、ありがとうございます。
今後の編集の参考にさせていただきますので、
アンケートにお答えいただければ幸いです。

下記URLまたはQRコードから
アンケートページへお入りください。
https://www.berrys-cafe.jp/static/etc/bb

クールな弁護士の一途な熱情

2019年9月10日　初版第1刷発行

著　　者　夏雪なつめ

発 行 人　菊地 修一
デザイン　カバー　ナルティス（粟村佳苗）
　　　　　フォーマット　hive & co.,ltd.
校　　正　株式会社　文字工房燦光
編集協力　佐々木かづ
編　　集　鶴嶋里紗
発 行 所　スターツ出版株式会社
〒104-0031
東京都中央区京橋1-3-1　八重洲口大栄ビル7F
TEL　出版マーケティンググループ　03-6202-0386
（ご注文等に関するお問い合わせ）
URL　https://starts-pub.jp/
印 刷 所　大日本印刷株式会社

Printed in Japan

ISBN 978-4-8137-0749-3　C0193

ベリーズ文庫 2019年9月発売

『クールな弁護士の一途な熱情』 夏雪《なつゆき》なつめ・著

化粧品会社の販売企画で働く果穂は、課長とこっそり社内恋愛中。ところがある日、彼の浮気が発覚。ショックを受けた果穂は休職し、地元へ帰ることにするが、偶然元カレ・伊勢崎と再会する。超敏腕エリート弁護士になっていた彼は、大人の魅力と包容力で傷ついた果穂の心を甘やかに溶かしていき…。

ISBN 978-4-8137-0749-3／定価：本体630円＋税

『無愛想な同期の甘やかな恋情』 水守《みずもり》恵《え》蓮《れん》・著

大手化粧品メーカーの企画部で働く美紅は、長いこと一緒に仕事をしている相棒的存在の同期・穂高のそっけない態度に自分は嫌われていると思っていた。ところがある日、ひょんなことから無愛想だった彼が豹変！　強引に唇を奪った挙句、「文句言わずに、俺に惚れられてろ」と溺愛宣言をしてきて…!?

ISBN 978-4-8137-0750-9／定価：本体650円＋税

『契約婚で嫁いだら、愛され妻になりました』 宇佐木《うさぎ》・著

筆まめな鈴音は、ある事情で一流企業の御曹司・忍と期間限定の契約結婚をすることに！　毎日の手作り弁当に手紙を添える鈴音の健気さに、忍が甘く豹変。「俺の妻なんだから、よそ見するな」と契約違反の独占欲が全開に！　偽りの関係だと戸惑うも、昼夜を問わず愛を注がれ、鈴音は彼色に染められていき…!?

ISBN 978-4-8137-0751-6／定価：本体640円＋税

『【社内公認】疑似夫婦ー私たち、（今のところはまだ）やましくありません！ー』 兎山《とやま》もなか・著

寝具メーカーに勤める奈都は、エリート同期・森場が率いる新婚向けベッドのプロジェクトメンバーに抜擢される。そこで、ひょんなことから寝心地を試すため、森場と2週間夫婦として一緒に暮らすことに!?　新婚さながらの熱い言葉のやり取りを含む同居生活に、奈都はドキドキを抑えられなくなっていき…。

ISBN 978-4-8137-0752-3／定価：本体620円＋税

『仮面夫婦～御曹司は愛しい妻を溺愛したい～』 吉澤《よしざわ》紗《さ》矢《や》・著

家族を助けるため、御曹司の神楽と結婚した令嬢の美琴。政略的なものと割り切り、初夜も朝帰り、夫婦の寝室にも入ってこない彼に愛を求めることはなかった。そればかりか、神楽は愛人を家に呼び込んで…!?　怒り心頭の美琴は家庭内別居を宣言し、離婚を決意する。それなのに神楽の冷たい態度が一変して？

ISBN 978-4-8137-0753-0／定価：本体650円＋税

タイトル、価格等は変更になることがございますのでご了承ください。